# 侠墨清箫

易健常 著

线装书局

**图书在版编目（CIP）数据**

侠墨清箫 / 易健常著 . -- 北京 : 线装书局 , 2018.7
ISBN 978-7-5120-3244-6

Ⅰ . ①侠… Ⅱ . ①易… Ⅲ . ①长篇小说－中国－当代 Ⅳ . ① I247.5

中国版本图书馆 CIP 数据核字 (2018) 第 119954 号

**侠墨清箫**

---

**著　　者**：易健常
**责任编辑**：姚　欣
**装帧设计**：王文龙
**出版发行**：线装书局
　　地　　址：北京市丰台区方庄日月天地大厦 B 座 17 层（100078）
　　电　　话：010-58077126（发行部）010-58076938（总编室）
　　网　　址：www.zgxzsj.com
**经　　销**：新华书店
**印　　制**：北京市通州兴龙印刷厂
**开　　本**：787mm×1092mm　1/32
**印　　张**：8.3125
**字　　数**：145 千字
**版　　次**：2018 年 7 月第 1 版第 1 次印刷
**印　　数**：0001-3000 册

线装书局官方微信

---

**定　　价**：32.00 元

# 前　言

二十世纪九十年代末，四位大学同学同居一室。毕业后他们不约而同与长沙县银坊镇扯上关系。

杨未在银坊镇发掘出一位“头陀”。头陀一身侠气，工书法，落笔惊世骇俗；他制出虎啸墨；他养的两匹虎通人性，抗强凌。他同葵嫂子相濡以沫。抗战期间，头陀以笔墨讴歌中国人不屈不挠的意志，以“倭寇必败”的绝笔之作，彰显了文化人勇于担当的侠义。

杨未受勇于担当的精神感召，在镇干部的岗位上敢于抑制不正之风。

于果是民间音乐人，他偶然了解到音乐家张箫。张箫的人生态度和音乐作品，给他的音乐生涯注入活水。

方卓在市委机关工作，他擅长牌戏“跑得快”。

黄群没有方卓的人生智慧，稀里糊涂混日子。

抗日战争过去几十年，勇于担当的精神仍有传承，感天动地的歌声还在继续。

# 目　录

## 杨未的故事一

## 于果的故事



## 杨未的故事二

# 杨未的故事一

## 同学四人

岳麓山，好有知名度。环山几所大学，也有知名度。

十年前我们在岳麓山下的大学读中文系。同一寝室的除了我，还有株洲的方卓、湘潭的黄群和黔阳的于果，我们没有哪个是富二代，都没有知名度。

同学四人，四载同窗，共馁共寒，生活清苦自不待说，手上有点小钱，同去逍遥街。这条街挨近湘江边，很闻名，街两侧有民居改造的小旅馆、小餐馆、发型屋、音像店、精品店、杂货小店、网吧、KTV 等场所，以最便宜的消费吸引学生。哥们几个消费之前，造计划。

这次是于果请客，他说：家里寄来的钱不多，不能用光，要留些买饭票。

黄群说：莫抠门。先上一盘口味虾的虾尾，那才过瘾。

他首选虾尾，是为了免除剥食虾头的麻烦。

方卓讥笑黄群是盲肠思维："过瘾"只是发泄，细嚼慢咽，让滋味一点点传感到喉腔、肠胃，才是味觉审美。

黄群回骂：审你个脑壳！喝稀饭摆酱油碟子，穷讲究。

仍是采用了方卓的提议：先吃几张"帅哥"烧饼，给肚子垫底，半饱之后再享受口味虾和嗍螺。选择这两味理由如下：选择口味虾，是因为戴上透明的一次性手套剥虾，有参入意识；虾壳堆积在桌上有业绩感。选择嗍螺，是因为吸食嗍螺需要技术含量，取其精华之后将之乎也者留在螺壳内，这才显功夫老到。这两味配上几瓶啤酒，能大快朵颐。

决定下来就去逍遥街。那晚折腾几个钟头，我们审美了一把，过瘾了一把。黄群晦气了一晚：吃虾，他动手能力差，吃得最少；吃嗍螺，技术不得法，嗍出的都是螺尾的腥汤泥滓，就在他用牙签一点一点挑食螺肉时，啤酒被我们喝光了。

学中文，绕不开国学，方卓觉悟早，考我们：孔夫子提倡的“仁”，什么意思？

黄群作答：一个“二”，一个“人”，合在一起成了“仁”。

他不无幽默地往方卓身边一站，说：我要混出个人样儿，你在我面前就越来越“二”。

方卓骂：蠢得学猪叫。“仁”的意思是只要有两个人以上，就形成一种关系，要不是敌对关系，更多的是依附关系。如何处理好关系，是学问。

于果问：如何处理？

方卓说：“克己复礼”，“己所不欲，勿施于人”。

方卓俨然是国学大咖，道学先生。

黄群说：说出的话像孔夫子的抹布——文绉绉的。

于果说：我人格独立，不依附任何人。

我附和：值得提倡。

临近大四，各忙各路。

方卓埋头读《国家公务员考试用书》，间或练习庞中华的硬笔书法，一笔字写得清涓隽秀。黄群讥他是印刷工，他回骂：哪像你，字写得如狗嘴吐出来的。

我迷上了“当年明月”，将《明朝那些事儿》读得滚瓜烂熟，能将“明史”“清史”“民国史”说出个子丑寅卯，求职时，亮出我非同一般的历史知识，或许能加分。

挂在黄群嘴上的口头禅是：“把学问还给老师，把口水留给自己。”他操练了一张嘴巴，只是，在情场上、牌场上或是学业上，他拿得出手的只有野路子：他自认是鲁迅的骨灰级粉丝，张口能背鲁迅的诗。可是背得出的只有“野菊性官下，鸣蛩在悬肘”①，或者是“世界有文学，少女多丰臀”②。他对后两句鲁迅的旧体诗作出白话诠释：野菊的性器官下面，蟋蟀在吊膀子……

不久，他背叛了迅哥儿，说什么鲁迅不如周迅，梅兰芳不如梅艳芳。

于果人格上高呼独立，“艺格”上立不起来，玩起了

---

① “野菊性官下，鸣蛩在悬肘”：选自鲁迅《新秋杂识（三）》，本篇最初发表于1933年9月17日《申报·自由谈》。

② “世界有文学，少女多丰臀”：选自鲁迅《教授杂咏四首》这首诗是讽刺章依萍的，章依萍以写《情书一束》出名，可称为当时著名的“黄色作家”。

追星，先是卖血去看张学友，后来拨弄吉他，弄到十指老茧。他自编自唱，再后来在校文艺晚会上演唱一首黔州民歌，受热捧，自此，他离不开他的“大瓜瓢”和“驴腔”咏叹调。

这一年，我们有过几次逍遥游之后，或因银子不济，或因意见相左，无法“续篇”。日子难打发，特别是周末。

这天黄群神秘地说，周末将同艺术系一位女生约会，女生叫绵绵，四川人。我们急于听他的故事。他告诉我们，绵绵身材好，肤色白里透红，与众不同；绝对是人见人爱、花见花开，车子见了自动爆胎。

于果急于打听他如何搭讪上了绵绵。黄群说：他在麻辣烫小摊前，身后站着这个漂亮女生在抱怨摊主：快，几哈些交货啥，等得毛焦火辣。

听她说四川话，他当即将手中的麻辣烫塞给川妹子一串。

绵绵说：你好逗笑。

他立马说：我的职责就是逗漂亮妹子发笑。

绵绵问：你有何德何能？

他说：捏起鼻子会共鸣，耸起眉毛捉臭虫。

绵绵扑哧笑出声，他趁机说：我们能不能有个“笑傲江湖”？

绵绵问：如何？

他说：周六下午在中文系男生楼前等我，我为你表演鼻腔奏鸣曲，之后是臭虫现形记。

绵绵说：我不想约会。

黄群说：不见不散。

他说完，方卓问：不担心名花有主?

黄群很自信，说：有主？主就是我！

周末下午，黄群早就甜鞋净袜，头发梳过又梳，一块破镜子照前照后。我们趴在窗口看到，一个漂亮妹子轻装短裙白球鞋，等候在宿舍楼前。黄群头上抹水，整齐发脚，噔噔下楼，不一会儿铩羽而归，垂头丧气，原来绵绵约会的是中文系的另一情郎，叫亮亮。黄群悲叹：既生群而何生亮！

周末的日子，于果发扬他艺术家孤傲狂狷的独立人格，抱起“大瓜瓤”如拥丽人，自编、自弹、自唱、自叫；或猫喵，或狼嚎，或猿啸，或驴呦。只一声驴的闷吼，就将我们带到原始草原，天苍苍，野茫茫哪……

在“驴呦”停顿的间隙，方卓问：我们最早接触柳宗元的文章是哪一篇?

于果说：当然是《黔之驴》。

方卓说：对了。“黔无驴，有好事者船载以入”。于是你坐船到了黔州。

于果气得要打人。

嘻嘻哈哈，打打闹闹。黄群又读出经典——懒人的春天哪，我连女人的屁股也懒得摸了。

又是周末。我们问，做什么好？

我说：我还有几个钱，在宿舍吃火锅吧。

吃火锅，得提防巡楼的宿管员，那家伙嗜烟如命，尼古丁弄得他总是咳嗽，听到咳嗽声，我们如老鼠见猫。在他的眼皮子下，赌博绝不允许，乱扔垃圾也不允许，用电炉子更不允许。他有“生杀予夺”的权力，我们只得同他玩猫和老鼠的游戏，自然，他是黑猫警长，我们是鼠辈。

为吃火锅，我们分头行动。采购三鱼两肉，豆腐青菜。

我说：方卓，电炉子拿出来。

方卓从柜桶深处摸出电炉子，说：不得出卖我，不能说是我的。

当然，当然。

支盆注水，待到水滚，白灼生汆，先鱼后肉，继而豆腐白菜，小心吃鱼，囫囵吞肉，大箸青菜，小口豆腐，汤汁淋漓，肚皮撑胀。吃到一半，方卓听到咳嗽声，急着去洗手间。待到我们有察觉，“坚壁清野”来不及。结果电炉子被没收，我们将接受处分。面对盆子里半生不熟的剩杂烩。只有黄群有食欲，他打捞盆中残肴，照吃不误，放话：樊哙在鸿门宴上大啃生猪蹄子，我辈就不能发扬他的风格？

事情的结局是，我们受到警告，处分的公告贴在宿舍门口，方卓安然无恙。

周末的日子还得打发。

黄群不知从哪里弄来纸边发毛的一沓扑克，提出打牌。就两两作对，打“升级”。方卓同我结对，他的牌技精，我的手气好，总是摸到大王或者小王，我们不断升级，黄群同于果原地踏步。于果见大王、小王总在我手中，气恼，说官大一级压死人。

黄群拈酸，说：你们真会爬。

话糙理不糙，这时段方卓已经是班上的团支书，我也是团小组长。不过，我是选出来的，没有“爬”。

玩过几把，黄群将牌一推，说：搞点新意思，玩“跑得快”。

他挑出两副牌中的大王、小王，四个人就玩起“跑得快”。牌刚摸完，黄群乐不可支，满口跑火车：我是鹿仲麟[①]，我是雅各宾[②]。

我问：为何？

他说：大王、小王没有了，中国的皇帝被鹿仲麟赶出紫禁城，法国的国王被雅各宾党人送上断头台，草民得胜利呀！

不能小看这家伙的杂学功夫，只是牛胯膛扯到马胯膛。

---

① 鹿仲麟：鹿仲麟在“北京政变”中，率部先行入城，不费一枪一弹，仅三天就控制北京全城。接着带领军警等二十余人，直入清室，将中国末代皇帝溥仪驱逐出宫，废为平民。

② 雅各宾：法国大革命时期参加雅各宾俱乐部的资产阶级激进派政治团体。主要领导人有罗伯斯比尔、丹东、马拉、圣茹斯特等。

牌桌上黄群有的只是口诀，不是心计。方卓一把牌到手，理好的牌摊开成扇形，运筹帷幄；合拢成一叠，他成竹在胸。这时他“王顾左右而言他”。看似漫不经心，却将众人的心理和牌路看得透彻。当黄群得意忘形之时。方卓眼光一瞥，早有所料，问：是不是摸到“炸弹”？

摸到四张“点数”相同的牌谓之“炸弹”。黄群摇头晃脑，说：是又如何？老子可以“攻克柏林”，直抵“中途岛”[①]。

当他的“炸弹”肆行无忌时，方卓不动声色，亮出“同花顺”，黄群又栽了。

方卓也有他的诡诈，那次他手中没有“同花顺”，黄群手握“炸弹”搞核讹诈。方卓灵机一动，喊一声“宿管员来了”。黄群不信，说“哪有？”方卓说：“莫怪我没有提醒你。”

黄群无奈，莫说手握“炸弹”，就是原子弹、氢弹也得放弃。

当时不准赌钱，只是往输家脸上贴纸条，或耳朵上挂晒衣夹，或让输家钻桌子。玩命时，就让输家脱衣露肉。结局往往让黄群狼狈，他要么是一脸“兰州拉面”，要不被夹红的耳朵如长冻疮，要么脑壳卡在桌腿中拔不出来。那次寒冬腊月，黄群输得脱光上衣，显出的排肋骨如控诉万恶的旧社会，偏巧绵绵上楼找亮亮，错找到我们宿舍。

---

① 中途岛：中途岛战役是第二次世界大战的重要战役，也是美国海军以少胜多的著名战役。

黄群欣喜，问：找我？

绵绵瞥他一眼说：找你？瞧你这德行！

黄群后来的牌瘾越来越大，甚至想赌钱。方卓说：使不得。

黄群说：总要有点刺激。

就赌烟。当方卓沉浸在赢家的喜悦中，面前的烟有几十支，哪晓得宿管员不期而至，脚步轻得像猫。方卓急忙掩住零乱的纸牌，指着面前的那堆烟，对宿管员说：这些烟是不是有霉味？您试？

宿管员当仁不让，一支接一支地抽，故作老练地说：是有霉味，不过还可以抽。

方卓挺大方地将烟朝他面前一推，说：不嫌弃，全给您。

宿管员喜得手忙脚乱，烟塞口袋，这时，方卓已将纸牌收好。在这出“纸牌屋”游戏中，方卓仍是“跑得快”。

以后的事情是方卓和我如愿以偿，都考上公务员。黄群也混入公务员系列，只是属编外。于果根本不用考，凭他爹在黔阳林业局的老关系，他在林业局也混到一官半职。

只是那条逍遥街，在全国出名后，经几次整顿，早已经“改邪归正”，成了名副其实的商业街，好在学生顾客仍多。

# 杨未、黄群在银坊

十几年一晃过去……

毕业到如今，方卓如愿以偿，在市委宣传部任职，做到处长；于果先在黔州林业局任职，据说后来弃官从艺，先是“北漂”后“南漂”，既而西，既而东，“走马兰台类转蓬”；黄群是个陀螺屁股，到处坐不稳，又不知去向了。只有我，公务员身份，在街道一干多年，去年被调到拆迁办，自此“麻纱”不断。

有道是，不羡当官不羡仙，只盼旧屋搞拆迁；又说是，要发财，要致富，最好当个拆迁户。我上任第一天，就添置饮水机，这一年多，拆迁任务完成不到一半，瓶装水不知喝了多少桶。软磨硬顶，说出的道理“千车也载不尽，万船也载不完”，到头来仍被一纸诉状告到市纪委，说我态度粗暴，不恤民瘼；这还算好，没说营私舞弊，中饱私囊。我愤，我懑，我想换个环境，找到方卓。

方卓约我见面的地点特殊，选择在健身俱乐部。他说，请人吃饭，不如请人出汗。他先上跑步机，再练器械，再做俯卧撑；我被一天的工作折腾得骨头散架，哪有精力劳其筋骨，不管是“有氧”还是“无氧”，只能坐在一边喝饮料。等到他做完一组动作，热汗涔涔地坐下。我诉苦，他表示理解，说：是啊，是啊，街道工作已经没有寻租空间。

我说：我并不想权力寻租。

他说：我晓得，去农村吧。农村是一片广阔的天地，在那里是大有作为的。

话何等耳熟。糊弄我？这时他去蒸桑拿，我要回家蒸第二天早上吃的馒头，你也蒸，我也蒸，告别。

后来一纸调令，我被调到长沙县银坊镇任职。

我到银坊镇，不期遇上了黄群。黄群说话、行事仍是那副德行，生成的眉毛长成的痣，难改。他算是镇干部中的老资格，有一肚子掌故，却不受拥戴。为何？众人说出，黄干部说话“冇厘头”[①]！这怎么行？他又不是周星驰[②]。

还有一宗，银坊镇文化底蕴深厚，不说其他，只说镇政府对面古戏台，古香古色，戏台两侧对联，黑底金字，历久弥新：

演悲欢离合，还我公道；

赚嬉笑怒骂，证尔初心。

联语意思如何，不深究，只读那笔字就增血性、刚性，

① “冇厘头”：无厘头，原是广东佛山等地的一句俗话，意思是一个人做事、说话都令人难以理解。

② 周星驰：以电影表演中的“无厘头”风格而著称。

拗劲、倔劲。众人一日数次经过戏台，抬眼看对联，朝摹暮拟，写字有谱，很多人一笔字写得锦上添花。镇上人若嫌人字丑，会说：何不朝戏台多看几眼？黄群可能走路望天，忽略了看戏台，字不入流。众人评价：黄干部，了不起，写得一手“凤爪体”。“凤爪体”是讥他写字时手抽鸡爪风。

就这样，他来镇政府一混几年，仍是科员，近来只让他搞调研。好在他为人豁达，逢人便告：科员科员，乐得清闲；不挑重担，不讨人嫌。

后来知道，黄群清闲下来玩微信，当群主，收消息，转消息，抢红包，上信息，“打酱油”，灌“鸡汤”，这个群主做得敬业。从此，众人称他群主。

当时，我被镇上经济的“可持续发展”课题推到风口浪尖。前几任镇领导已将这里打造成了茶叶基地、红薯片生产基地，后来引进专产瓜子的吊瓜，瓜棚搭起几百亩，吊瓜子卖到全国。再弄个什么拳头产品呢？愁。这时黄群为我出谋划策。

群主说，先看山吧！可以搞旅游开发。

哪座山？

喜佛山。

他带路。

看山，一前一后两座山峰，如竹笋，突兀而起，后峰高峭，前峰俯就。峰顶上，老树虬枝相缠相绕，像恋人贴胸交股。

峰下地势起伏，低陷这处一片茂密，生樟树，长柏树，松树更多。林子大了，什么鸟都有，筑窠营巢。群主说：一早一晚热闹。一早，母鸟离窠，嫩鸟子嗷叫；一晚，枯枝独干上站只铁嘴老鸹发牢骚。

林畔茅草覆盖，或布些荆棘。想得到，这一片春上添些翠绿，秋来垂头丧气，荒地有一脉流水，估计是春成河，夏如溪，秋后剩一痕湿意。

群主说：这里是银坊镇的“名、优、特、新”产品。

他说起，喜佛山本不入他的法眼，后来“群众”中有人告诉他如此这般，于是他有了兴趣，动了心思。

这里以前出过老虎。

我说：真有虎，是生态回归。

群主督促我到半山腰，见石坪，容得下百十号人。大樟树下有个道观，空留下偏偏倒倒的屋架子，无名号，像个丢失了身份证的老乞丐。再看，棚子里有五六口瓮，靠山墙摆一排。最大的瓮径如大水桶，依次从大到小；再看，有石臼，臼壁一层黑垢，发幽香。有口锅，群主说，用来熬胶。

熬什么胶？

牛胶。

问：哪个在这里熬胶？

群主说：朱头陀。熬胶制墨。

我问：镇上古戏台写对联的朱头陀？好翰墨。

说到翰墨、书法、对联，戳着群主痛处，他马上转换话题，说：喜佛山就是朱头陀叫出来的。说起来有故事，有文化韵味，如今全民娱乐至上，喜佛山就是好资源、好卖点。你看，两座山峰像什么？

看不出像什么。我费力地从山壁上抠出块山石，端详过，说：丹霞地貌。

群主喜虫子出窍，说：丹霞山不远是南华寺，有六祖慧能。

于是他“于是我闻”“我佛拈花”地说一番。

群主的见识不儿戏。

他接着说：丹霞山有元阳峰、元阴石，活灵活现。

他说出，元阳峰像煞了男人那根东西，坚，挺，像是吃过伟哥，抹过印度神油；又说出元阴石像……

我也开始肆无忌惮，说：天地造化。厦门胡里山下奇石馆，也有两块石头，一块叫“力”，也像男人那根东西；一块叫“量”，也像……合在一起，就是“力量”，绝唱！

他说：天地造化，光明正大。眼前两座峰是欢喜佛的造型，印证天地造化。

他说得更起劲。说起欢喜佛是藏传佛教密宗中的男女双修。并且指给我看：且看，后面这座山如男神盘腿，前面这座山峰如女神，俯向男神。两座峰结合得如上下嘴巴皮，好奇妙！所以叫它欢喜佛山。

我说：说是男女做那桩事，不像。

他说：天地造化在似与不似之间，画菩萨没必要画出肚肺肠肝。

我问：依你说，这山有个什么商机？

他得意地说：你看，男女行欢，好不逼真。就此可以发展生态旅游，快乐旅游，甚至是生育旅游。

生育旅游？

是呀。让游客对着这一“男”一“女”烧香磕头，提升性趣。山上办个生态“农家乐”，提供“三鞭”之类的壮阳药膳，让小夫妻白天进补，晚上开工，旅游之后，如果有女游客肚子大了，做过B超，得个儿子是“公喜”，得个女儿是“花喜”，若是“一炮两响”——双胞胎，更是喜上加喜。于是一传十，十传百，来个网络炒作，微信群发，就出名，就成旅游热点。客源不断，招财进宝。嘿嘿，“我们的队伍势力壮”！

我想，生育旅游？新提法，亏他想得出，是可以考虑。只是后来他一番话，让我设防。

他接着说：……有本《奥修智慧金言》，读过？博大精深哪！

我对“金言”却孤陋寡闻，问：是本什么书？

他说：印度性力派的著作。

性力派？

群主说：就是“谭崔”[1]，就是“爱的炼金术”。

“爱的炼金术”？记起网上说过“谭崔”“灵修”，男男女女接受培训，弄到走火入魔，聚众淫乱。我说：这个“炼金术”弄不得，狗肉上不得台盘。

他说：无妨的。百花齐放嘛，“欢喜佛”是金字招牌，人无我有，人有我特，弄个“欢喜佛健康社区”，社区内有住宿，有食堂，有授课场地，有活动场地，高收费，至少上万元，只愿出几千块钱的，门都不让入。这项集旅游、娱乐为一体的产业，一定红火。

我暗骂：变相红灯区，会遭“严打”，只好转换话题，问：你了解朱头陀？

他说：只晓得他是朱家大屋的人。

我走进破茅棚子，伸手入瓮，沾着的是烟炱。脚被硌。从地上拾起一颗泥丸，樟脑丸子一般大，拭去泥灰，看出是颗墨丸子，嗅去，有股浓香。转而一想，只怕这是朱头陀制墨留下的。我用张纸巾裹好墨丸子，放入衬衣口袋。这时手机响，办公室打来的，说是朱家大屋小学校十几个学生发腮腺炎。家长在吵闹。

我要赶往朱家大屋小学校，同群主分手。

---

① 谭崔：是印度语 Tantra 的音译读音。Tantra 是印度的一种教派，继承了印度教中性力派（纵乐派）的思想，认为通过性交可以使人类灵魂和肉体中的创造性能源激扬起来。

去朱家大屋。沿途看到农田改造的大手笔，小田并大田，方方正正，便于机耕。平展的水泥路，每隔数十步就立起一根金属路灯杆，如方天画戟，戟尖上挑盏灯。我生感慨，去年在欧洲，见到阿尔卑斯山下的农村现代化程度高，羡慕嫉妒恨。看到这一片，得到心理平衡。

朱家小学新校舍，教室外走廊上站着十几个家长，叽叽喳喳，唱埋怨歌，说学校事先不做预防工作，弄得学生得腮腺炎。

腮腺炎，一人得，十人传。

班上伢子凑一起，打抱牯子架[1]，抱在一起脸贴脸，就传上了。

幸亏是打抱牯子架，要是起飞脚，踢到胯裆里算盘珠，那会——

会蛋疼。

又没有特效药。学校推到镇上，镇上说派医生来。

镇上医生，路远，一时也看不了病。

一位老者说：最灵的药是用朱头陀制的虎啸墨在脸上画圈，奇效。

我想起上衣口袋有颗墨丸，掏出来给老者。他凑在鼻孔前嗅过，说是虎啸墨，当即让老师找砚池，磨墨。

老人家三根手指捏住墨粒，在砚中磨开，磨了两三百

① 打抱牯子架：湖南方言，搂在一起打架的意思。

个圈，磨得手酸。活动手指。砚池中的香味越来越浓，墨汁浓得如深潭映古夜。他找支毛笔，唾湿笔尖，蘸上墨汁，挨个在患病的伢子脸上画圈。满脸乌黑的伢子坐几排，俨然“少年包青天训练营”。

说来怪，“少年包青天”们状态好转，都说腮上清凉，不再发热，不再疼。

回镇政府。

隔一天，电话响，朱家大屋村长打来的，定要我明天去他们村里考察民情。

# 头陀的书法

镇政府有个姓朱的妹子，身材好，俊俏，一张圆脸，只是年龄偏大些，听说在选择对象的事情上高标准，严要求，错过黄金时段，过了三十还没有结婚。她负责镇上宣传，家在朱家大屋。她告诉我，村主任是朱七老倌，原来做过小学校长。请她带路。

一路上，小朱介绍，朱家大屋单独一个村，原有四十几户，都姓朱。近十多年，村民手上有钱，备得砖齐瓦足，搬来水泥沙石，从浏阳大围山买到檩条，利用宅基地流转、置换政策，找块新地盖新房。你也盖，我也盖。之后，在新屋打井，测水质；建沼气池，解决燃料问题；屋顶上装口锅，那是卫星电视接收装置……家家添置大屏幕液晶电视，屏幕上选秀节目、娱乐节目、综艺节目，哪一场都不错过……以前唱“乡里妹子进城来，打双赤脚不穿鞋”；现在是“城里哥哥你莫攀我，我走T台当名模”。

我问村主任住哪片新房，小朱说，住老屋，老屋只剩下几户，大都是老人，恋旧。老屋属文物级，且不说脏、乱、差，至少是破、陋、旧。

文物级，更有考古价值。

进老屋。四十几户人家的老村落。由正门进，见到天井，密实的房间上开天窗通风雨，天井便于流水。老屋中的多间房屋，结构如“品”如“目”，鳞次栉比的排列，横排多少间，说不清楚；纵有“四进”，原来住三千多人。

小朱领路，在瓦顶相连的大屋间穿行，七弯八拐，跨过十几道门槛，见到有的房屋门开着，屋里有人看电视，屏幕不大，更不是液晶显示。有的人家支大锅，锅中乳白的豆浆沸腾。老屋有人做豆腐。

来到村主任家，村主任就是那天磨墨涂腮的老人——七老倌。

七老倌说：电话请你来，不为别的，一来是那天那粒墨丸子，磨来磨去没了，捏墨的手指现在还留有余香。又说起，镇上要开发产业，何不拾起朱头陀的旧业，制造“虎啸墨”？

他问：去过喜虎山？

我说：只去过喜佛山，就是从那里拾得墨丸。

七老倌说：哪是什么喜佛山，分明是喜虎山。

我问：为何？

他说：朱头陀同虎有缘。

又是朱头陀，又是墨，又是虎，我一头雾水……

上班时群主找我，打开微信，说起微信反映民意。

他说：我将你考察喜佛山的事发到网上，引发众说纷纭。他掏出手机，翻到他那个“群”——“群众论坛”，让我看发言。一屏之后，又是一屏，点赞的图标数不胜数。群主说：你看你看，民意呀！

我想，微信只是自媒体发言的平台，点赞多是好事，不过也有不和谐音。我指给群主看：

——喜佛山开饭店，好事。宰客的刀不要磨得太快哟。

——喜佛，是不是就是欢喜佛，能不能做真人表演，想看哪！最好有各个体位、各种招式的演出。

——生育旅游，是不是就是嘿咻[1]？心跳……

群主也笑，说：这是个别。回头我将乱嚼舌头的统统踢出去。

他当真会清理门户？

群主又说：这几天有电话，打听喜佛山那片土地是出售，还是租赁，报出大价钱。

我想，土地是无价之宝。这些年，银坊镇发展突飞猛进，土地开发的空间却越来越狭窄，在我的任上再搞土地财政，会被人戳脊梁骨。就敷衍他。

他紧咬不放，说：租赁不改变所有权，应该可以；或者合资办“生育旅游”，一炮打响，村民会开心得跳起脚屙尿。

跳起脚屙尿，男同胞做得到，女的呢？发觉我想偏了，回头问他：哪家提出的租赁？

他来劲，说：对公司董事长的身份先保密，但保证是

① 嘿咻：读音为“hēi xiū”，该词起源于台湾，是一种台湾俚语，通常指性交，是代替形容性交的一种文明用词。

一家靠得住的公司，资金充足，有头有面，有背景。

我问：什么背景？

他说：董事长的岳父是市里的高官，希望我们给面子。

我反感官本位，说：面子、里子一般齐，搞商务，莫说是岳父，就是亲爹也跟商业行为没有一毛钱关系。

仍要强聒，我不耐烦，告诉他要考虑以下几点。

他更不耐烦，说：我的老同学，你虽是我的顶头上司，我找你汇报，你莫同我玩“赌大小”、看点数。直截了当说，同意还是不同意，莫再一点、两点、三点……

我告诉他，我心算不好，喜欢扳手指头说事。第一点，是“喜虎山”，还是“喜佛山”，要搞清楚，不正名，何以立事？第二点，搞文化产业，我赞成，只是莫被人忽悠，文化开发莫弄成乱七八糟的行为艺术。弄得难看，镇上人的脸面往哪里放？

我说：这些，你懂的。

第三点，现在做什么都要依规矩，走程序，要各级会议充分讨论后，才能做决策。

他一张脸气成瘪气球，拿个纸杯，拧开饮水机，灌水。小朱过来找我，见他在，欲言又止。群主自觉地退出门。

朱妹子通风报信，七老倌请吃饭。原来，她就是七老倌的孙女。我有意推脱，随口说：没有飞天茅台，不去；再有，我只吃山珍海味。

我后来还是去了朱七老倌家。我想从他口里了解“虎啸墨”，也想了解朱头陀。再有，对先前“拒宴”说过的话，要做解释：我滴酒不沾，但可以送七老倌两瓶浏阳河大曲。所说的山珍海味，是山边的地菜子，田间的马齿苋，还有农村家家户户拿得出的菜——小火焙鱼炒青辣椒。其他的一概免了。血糖偏高，又患痛风，高脂肪的东西无福消受。

周五，我最后走出办公楼，推出电动车，赶往朱家大屋。

进屋，闻到柴火炒菜的香味，难得的氛围。七老倌拉我上桌，桌上几碗几碟：风干的马齿苋蒸肉，青椒炒火焙鱼，肉末子酿苦瓜，地菜子煎蛋。吃饭在其次，我问起朱头陀、虎啸墨。他讲，我听。

先讲起头陀的出身。

……老辈子讲起过，头陀出世那晚响炸雷，池塘中鲤鱼排籽，跳上塘基。俗话说“鲤鱼排籽，必出才子”，当年的头陀，莫说才子，柴蔸子都算不上……他爹虽说满肚子学问，脾气却是又倔又犟，教私塾，逼着他读书。同龄的伢子读到《幼学琼林》，他还在读《三字经》。背书，狗啃陀螺，他的爹气不过，拿篾尺敲他脑壳，就像和尚敲木鱼。敲得次数多了，同一起读书的伢子叫他头陀。

他爹听说“慈禧光绪，开科取士。字要出彩，文章其次”，逼着他天天练字。骨架不稳，“啪”，头上“赏”一篾尺；字不入格，“啪”，又给一篾尺。“篾尺教学法”收奇效，七八岁，朱家大屋祠堂的乡规民约由他执笔誊写。字上墙，族人夸好翰墨，他爹不喜不愠，回家问：你以为写得如何？

头陀答：一笔一画认真填。

他爹拉长脸，骂：字是填出来的？看你那笔账房先生字，羞死人。

他斗胆问：那要如何？

他爹说：字是立品德、明心性的，铸风骨才能显才情。如赵孟頫，宋家宗室，元人冠冕[①]，终究不能挺起腰杆子说话。再说宋徽宗赵佶，那笔瘦金体，炉火纯青的境界，我却不喜欢。把国家都弄没了，算什么本事？习字要显脾性，宁可硬、倔、旷、纵，莫成甜、柔、糯、软。

头陀哪晓得赵孟頫、宋徽宗，更不懂“宋家宗室，元人冠冕”“瘦金体，炉火纯青”，仍是说：记住了。

他爹说：那你记住康南海的话，康南海，就是康有为，他写字是“吾眼有神，吾腕有鬼”，你写字也要眼有神，腕有鬼。

他懂事后，习字时注重“硬、倔、旷、纵”，更注重眼有神，腕有鬼。

---

① 宋家宗室，元人冠冕：赵孟頫是宋室之后却在元朝被重用。

爹过世时，头陀才十五六岁。本想应科举，考场上潇洒走一回，哪想到已经停止乡闱[①]。可惜了！经营多年的一笔好字。想过潇洒日子他就卖田产，有钱后浪迹江湖，交朋结友。好像拜过师傅习武。

习武？头陀有功夫？

七老倌说：师傅只教了他一招：要人畏，要人服，出手只抓锁子骨。习武讲究该出手时就出手，但他只出过一次手。

怎么呢？

七老倌说：在那以后。他不出手却好出头，那年他考进湖南甲种工业学堂，书读得一塌糊涂，字却出了名。那次听说公葬陈天华、姚宏业，思索，论学业成绩，他上不得榜；字却上得墙。他于是在学堂搞起挽联上墙。

写的什么呢？

七老倌说，搞不清楚。据说他不用笔，捏团绵纸，蘸着墨汁，写出的字两尺见方。总而言之是场合闹大了，学校坚持要除名。除名就除名，他从此四处打流。在杭州、上海卖过字，写字时“眼有神，腕有鬼”，写出的字偏偏招人喜爱，赚了一笔钱。

……后来回到长沙，是长沙光复之后。有人看见他，骑在马上，戎装笔挺，辫子剪掉了，制帽下长发披散。马

① 乡闱：科举时代士人参加乡试的考场。亦代指乡试。

耳朵上挂白绣球，说是要去湖北，湘军要援鄂[1]，帮助黎元洪对抗北洋军，出征的场面隆重得很。

……后来回到银坊镇，骑马回来的。

我被灌了点酒，醉眼蒙眬中见到个少年军官骑在马上，一路奔来，马蹄溅起泥水。

接着讲：那年涨水，水来得陡，银坊桥被冲得松动。头陀催马上石桥，怪事，马不挪脚，马蹄敲打桥面。他心急，抽两鞭。马上桥，走到一半桥垮了。头陀连人带马掉河中。他能凫水，得救，马淹死了。

我说：马不能游水？

七老倌说：人怕锁颈，马怕绊缰。马缰绳勒入桥墩的石缝中，挣不脱，一匹好马，活活淹死。

头陀洒一把眼泪，葬了马，回大屋。

七老倌问我：像你这样乡镇一级的官，民国年间叫什么？

我说：应该叫保甲，是不是？

七老倌笑道：你是个清白人。

接着讲。

---

① 湘军要援鄂：湖南光复后，当时的都督焦达峰、陈作新让湘军及时驰援武昌。

……当初，保甲是冠亭，近瞅子，眼镜片子厚过酒瓶底。从日本留学回来，人迂阔，找不到事做，被推为保甲。亭眼镜那次找头陀，推门，见头陀一双眼红肿，不说话。亭眼镜也不说话。亭眼镜看他，他看地下。过一阵，亭眼镜找话引子：有件事请教。

头陀闷声闷气：什么事。

大屋的朱姓是不是从浙江余姚迁来的？

你不会查族谱？

有位朱舜水[①]，浙江余姚人，日本人在他墓前磕头作揖。

那又如何？

沉寂一阵，亭眼镜硬起头皮说：桥要重修，家家要凑钱。

头陀说：修桥的钱，我包下，银子我有。

又何必？只出你应出的那份就是。

不修桥，对不起那匹马。

修好桥，又出钱修路。所说的修路，是在原来的土路上铺长条麻石，铺出几里远，同官道相接。路修好，土车子走麻石路，不会陷进烂泥中。

---

① 朱舜水：即朱之瑜（1600年11月17日—1682年5月23日），明清之际的学者和教育家。浙江绍兴府余姚市人。清兵入关后，流亡在外参加抗清复明活动。南明亡后，东渡定居日本，在长崎、江户（今东京）授徒讲学，传播儒家思想，很受日本朝野人士推重。

头陀脾气躁，办私塾，收几个学生。学句读，教习字。习字用的帖，不能是唐代以后的碑帖，有学生弄本其他的帖，被他撕得四页八开，骂，莫搞坏了字坯子。后来，他宁可自己出钱买来好帖送学生。学生习字的纸也不能过于光洁，说不驻墨。又贴钱，从长沙城玉泉山文品店买纸，发给学生。

七老倌说：有样东西让你看。

七老倌搭楼梯，上阁楼，找出一个布袋子递给我。打开布袋，是个斗笠。斗笠上有“顶风挡雨”四个字，字写得劲道。有落款：银坊一头陀。

七老倌说：当时这一片农村穷，众人要借米借盐哄日子过，有时找上门借钱粜谷，头陀一口清：不借！

再强求，就两个“山”字相叠——请“出”。不过，借钱的刚出门，又被他叫进来，在那人斗笠上写几个字，说斗笠一定有人买，不给五块银钱不要出手。后来众人戴斗笠赶庙会，果然有人要买。

我问：斗笠上写什么？

七老倌回答：要么是“葛天之民”，要么是“栉风沐雨”。我家留下这一个。保留至今。

七老倌指着布袋，说：这个叫笠衣，用来装斗笠的。

我看到斗笠上写的是“帝力于我有何哉”。

他又说起，自从斗笠上有头陀写的字，不少人都卖出了好价钱。庙会上，有日本人专程赶来，由亭眼镜作陪，收购头陀题字的斗笠，连笠衣一起要。亭眼镜作中，做成不少交易。

我说，“扶贫有方”。

七老倌说：亭眼镜为这件事被乡上地痞“刁子鱼”咒得半死，说他是里通外国，说日本人是“非我族类，其心必异”。

我纳闷的是，日晒雨淋，斗笠上的字不褪？

七老倌说：正是。文房四宝，笔墨纸砚。笔，头陀不讲究，狼毫写小楷，羊毫写大字。砚池，定要青石砚。纸也是，不能用抛光纸、丁贡纸，定要绵白纸。墨上他最讲究，没有好墨，字可以不写；弄不到好墨，自己制。制出的墨，不褪色。写出的字更值钱。

他说起头陀写字有故事——

我屏气凝神，一边听，一边想象当年的场景……

大雪，狗留梅花迹，人陷白絮中。头陀那年进山，扛包袱，雪水子透过草鞋，冻得脚趾麻木。赶路，日赶夜赶，困乏，用长杆烟锅吸烟，发现有什么搭在肩上。猛然想起，是豺狗子，一回头，就会被咬断咽喉。告诉自己，切莫回头。想到带有柴刀，长了胆量。想办法，使劲吸烟，让烟锅烧得灼热，猛地叩向搭在肩上的爪子。豺狗子受烟锅一烫，赶紧收回爪子。趁机拔出柴刀，将豺狗子砍倒。叫一声：好险。

到白天，转过山坳，他指着对面山上一片松树林，起跑。

站住！

几声枪响，他被披黄军服的几个人拦住。

包袱被人夺、扣押。抖开包袱，发现有盐有米，“黄皮子”要将他就地正法。

他问：为何？

当官的“黄皮子”说：不晓得规矩？围剿朱、毛，让红军困守乾坤，米、盐、布匹一律禁止入山，违抗者杀！

头陀说：朱、毛在井冈山，这里是浏阳大围山，隔井冈山百多里。

“黄皮子”官说：大围山是井冈山外围，上峰让我们保安大队层层设卡、守卡。你包袱中有米有盐，想通匪？

头陀说：上山伐木制墨，日子长，我不吃饭？

“黄皮子”官说：哄鬼。你见了棺材才落泪。

押着他到山坎边。一看，惨哪！两具尸体，身子被雪掩盖，只露脸，一个胡子拉碴，一个后生子，血淌在雪地凝出殷红的花。

“黄皮子”问：实说，你是做什么的？

头陀说：写字混饭吃。

打鬼讲！

不信？我写两行。你们读得懂，我将家中二十担租的田契送黄军。

有这等好事？

“黄皮子”将他押到山下祠堂屋，县上保安大队驻扎地。官兵一哄而上看热闹，拿来笔，铺纸，让头陀当众作业，当官的说：写不好要你的命！

头陀想，老子豺狗子都不怕，莫拿死来吓我。写出来反正你们也读不出个名堂，一挥而就，写下两行：

琴瑟琵琶逞能耐；

口日目田余二辛。

什么东西？众多“黄皮子”都叹服字的布局、骨架、点画、撇捺。只是，这两句什么意思呢？莫名其妙。

他仍被收押，管饭，老萝卜炖死猪子肉。这边，“黄皮子”将手摇电话机子摇得发烫，上峰回答，明天副司令要来；那边，头陀打听，被枪毙的两个人犯了哪一条。

小“黄皮子”说是运盐上山。

头陀问：运盐？麻布袋装？

小“黄皮子”说：哪敢？做得诡秘，棉絮在盐水锅中过水，等到吃足盐分，缝成棉衣，穿着棉衣过卡子。

问：被发现？

搜身时，捏到棉衣嘎嘎响，扯开衣面子，扯出棉花絮，手上粘咸味，穿泡[1]。当即枪毙。

头陀说：两条人命哪，做得出。

---

① 穿泡：湖南话，穿帮的意思。

小“黄皮子”说：格杀勿论。怪只怪这两个死鬼，死心塌地为红军办事。唉，投胎后又是两条汉子。

头陀说：死的两个都是血性汉子。你们就不怕报应？

小“黄皮子”问：你写的两句什么意思？

头陀哈哈一笑，说：玄机妙算，不可以告诉你。

他心想，第一句八个“王”，“王八”。——王八在老子面前耀武扬威，逞能耐。第二行，一口，两口，三口，多口，“众口”，两个“辛”字当中缺个“言”，难成“辩”。众口难辩。

小“黄皮子”说：你弄得不好会送命。

头陀说：命是用来换尊严，显骨气的。

心想，运盐的两条汉子做得的事，我为何做不得？

后来副司令来了，绝对是如今屏幕上国军的架势，黄哔叽军装笔挺，皮带束腰，雪亮的马靴，绝对的人见怕，鬼见愁，猴子见了翻跟斗。副司令保定军校毕业，要武武得，要文文得。来了问话，索要头陀写的那幅字。看过字，然后说：放人！

问：写的什么呀？人不带走？

副司令说：哪个说带走？一群蠢材，上一句骂你们是一群王八。

下一句呢？

老子都读不懂，你们还有什么好说？

“黄皮子”搬起狗来打石头，反被石头咬一口。放人。

头陀原想在大围山伐树制墨，没了下文。

后来的事同这位副司令有关。

那天头陀从外面回家，门缝中塞进个大信封，抖开看信，说是保安司令部长官要上门作访。他冷笑一声，跷起二郎腿，抽他的水烟，放下水烟壶，铺开毛边纸，提笔作答。字写得糍粑大一个。

书禀尊长官

山民宅处荒郊，檐低屋矮，生平好一静字。入夜风声有增，鸡宁狗歇，蛙声息听。昏灯残照伴我，倦意昏沉，习字亦苦，弓腰缩颈，老体艰挪。难期贵客登门。

XXX叩拜

这封回信占了整张毛边纸，用米汤糊在门上。

那天又是一早出去，天黑回家，大惊大骂，房门被卸走半边，糊上回信的那扇门不见了。再看，屋门口一挑食盒，有肩有盖有几层。邻舍告诉他，保安司令部的人来过，搬走门板，留下食盒。

头陀骂：娘的，一扇门换挑吃食，太划不来。

他叫些人从食盒中端出几盆几碗，大吃二嚼。

都是大屋的人，从来没有吃过的山珍海味——鱼翅、大黄翅、海参，五六寸长一只，烤鹿肉，还有一大海碗三鞭汤。

过完年头陀去长沙拜会朋友。当时湖南省长何键提倡国术，在皇仓湾搞起湖南国术训练所。头陀被朋友邀去游玩。有朋友指着墙上一幅字说，你好受何省长的器重，将你的翰墨当厅摆放。头陀细看，果真是自己的字，还是一首诗：

荒屋檐低伴山风，
鸡宁狗歇息蛙声。
昏灯残照书难字，
静听有客夜叩门。

头陀想，我的天！我何曾写过这样的诗？细一看，整幅字不是一气呵成，字与字之间有拼接的痕迹，草绳灰线，却证实不是“原装”，是“拼装”。分明是将粘在门板上的回信一个字、一个字剔下，拼接成诗。连自己的姓名某某某一并凑全。

说出个中原委，朋友为之一哂，提醒他：国术训练所的所长是何省长兼任，保安司令部的总司令也是何省长兼任。副司令送总司令一幅字，有什么奇怪？看上你的字，偷也罢，骗也罢，都是抬举了你。

头陀哑口无言。

七老倌继续讲，扯出个女人。

……那年春夏之间闷热，响炸雷，烘得天焦红。雷响，怪事一桩一桩：先是在银坊扎营的“黄皮子”作魔作伥，跳下水塘洗澡，摸鱼。

一个“黄皮子”在水塘打了几个“水雷公”[①]，果有水鱼浮出，去抓，被反咬一口，紧咬手指，死不松口。其他“黄皮子”在岸上干着急。若施以援手，惹得水鱼嘴上使劲，手指会断。水鱼挂在手指上，摆不脱，人站在水塘中干号。雷一响，救星，水鱼松口，“黄皮子”捂着流血的手指赶紧跳出水塘。

我由水鱼想到听过的儿歌：江西老表，塘里洗澡，碰上乌龟，咬了鸟鸟。再一想，不对，咬“黄皮子”的不是乌龟，是水鱼；再说，“黄皮子”怎会是江西人？

七老倌继续讲。

这桩事传到头陀耳中，他嘴一撇，说：就会“打鳖讲”[②]。

……又一宗，雷响过，又有人在塘基上捡到大鲤鱼。头陀说：不足为怪，雷响前塘水沤热，鲤鱼自然想出水凉快，你以为是想跳龙门？

……再一宗。有人告诉头陀，炸雷劈断山上大松树。

头陀欢天喜地，飞跑上山。

① 水雷公：土话，两手合起来在水面击水，发出响声。

② 打鳖讲：胡说八道。

他找帮手将劈下的松树抬到一边，在树上钻孔，树孔边插香烛熏烤。几天后，树中的松脂流尽。头陀制墨有了材料。

接连多个月，山上成工场，头陀同人拉锯，劈树。从山下挑瓮上山。瓮的大小不齐，瓮上打孔，再从大到小累叠，瓮与瓮之间用石灰抹平缝隙，最上面的瓮顶也凿个小孔。之后，试着在底层的大瓮中燃烧松木。一股氤氲渐渐地、轻轻地、断断续续地从瓮顶小孔中冒出。头陀拊掌大笑：好也，好也！

足足等了七八天，熄火。待到陶瓮不再发热，头陀伸手，从瓮中刮下烟炱，最顶层的刮不到，他俯下身，用鹅毛扫下。烧几担柴只得到几碗烟炱。

头陀捏一撮烟炱，感觉匀净、绵细，滑不腻手。以为是上等的墨料。

总是守在山上，雇的帮手要回家，加之做事毛手毛脚：要不，瓮里塞进的松柴过多，火窒熄了；要不，火烧得过旺，让瓮爆出裂纹。头陀虽不骂人，那张脸比抹了烟炱还深沉。帮手忍受不了，提出找人顶替。头陀没吭声。

那人下山，帮他物色到一个人，带到山上。头陀一见来人，气得一张脸拧出对角线。对帮工说：存心出我的丑？找来个女人做什么？

做事呀！你看她手大脚大，劳力不差。

孤男寡女混在一起，传出去不难听？

你找人是做事的，又不是做那桩事的。再说，你没有女人，睡觉无人搂，衣烂无人补，打单身苦不苦？找个人热被窝倒洗脚水，哪个会乱嚼舌头？大屋哪个敢放半句屁，我拧烂他嘴巴！

实在是缺少人手，留下女人。

女人做事麻利，粗笨的做得，细巧的也做得。只说取烟炱，就能将几个瓮扫得干净。除这些，每天盛好饭，夹好菜，递到头陀手中，做的饭菜口味好。

那些天头陀嘴巴闭臭，不说话，吃饭不同桌。有一天他醒过神，这女人若有老公，找上山，岂不是黄泥巴弄到裤子上——不是屎都是屎？决定问个明白。

一问，才晓得，女人叫葵嫂，脸模子虽不错，却是一双大脚，被夫家嫌；加之结婚半年，丈夫病死。夫家族上人说她克夫，赶她走。

葵嫂说：被赶出来，我到哪里去？讨饭？磨不开脸面；箩行[①]下力，受不了那些男人痞话子喧天；想当老妈子，人家嫌我命相不好。

头陀说：取烟炱制墨是个苦差事，你受得了？

葵嫂说：箩行里挑重担，百十多斤的担子我都试过，

① 箩行：旧时装卸货物全靠肩扛人挑，两只箩，一根长扁担，承接装卸粮食、货物的任务。

怕什么？

头陀说：不怕我占你的便宜？

葵嫂好坦然，说：觉得你是个斯文人，若是图我的身子，是我的福气。

一连好多天，两人话少。只有一次，头陀告诉她山上有蛇。她说：当是根草绳子。

又告诉她，夜里有豹狗子，围着屋嗥。女人说：不怕的，豺狗子进屋，我叫醒你。

头陀有次看到，女人在坪里支起竹篙晾里裤，晾女人每月用的带子，不悦，以为女人不懂男女之大防，说：有些事要避嫌。

女人不解。头陀说：湿衣物背过人烘干，莫晾晒。

女人说：是吗？以后我烘。

从此，女人洗好衣物，守着瓮前明火烘干。

女人没心没肺，头陀哭笑不得。只当她是男人，还是个不通世故的男人。

……头陀也有看走眼的时候。那天挨近断黑，正练拳，听到女人尖叫，以为来了豺狗子。走到屋后边，看到最不想看又最想看到的人物特写：葵嫂在洗澡，周身赤裸，一块罗帛手巾遮住腿间。头发披散开，黑发反衬洁白的胴体；手臂、脚杆有一截是黑的，结实的身体白得柔和。奶子翘崩崩，腿粗屁股大，已是瓜熟果硕的体征；更有那腋下的粗绒，腿间的细茸，足以让男人血脉偾张。头陀忽如读碑帖：粗眉如隶，体格如楷 ，体态如行草，性征却如篆体所示，突出母性，突出顺从，突出包容……

他忍不住了，冲到水缸前，灌了两瓢冷水，总算熄了心火。吃晚饭时，他与葵嫂对坐，心跳，忍不住问：什么吓得你叫？

女人说：老鼠。

问：豺狗子都不怕，怕老鼠？

她说：老鼠瘆人。

头陀喉咙发干，强迫自己说出：就不怕我看你洗澡？

女人依然平静，说：看就看吧，看不走的。

他鼓起勇气说：我要是占你的身体，如何？

女人说：你占我也是我占你，好呢？

头陀急不可待，说：快些收拾碗筷，好做事。

女人仰看他，问：做什么？

男人说：做你我喜欢的事情。

女人这才明白，不脸红，也不勉强，咬着嘴唇笑。

论起来，头陀走南闯北，相逢女子不少，有的甚至有姿色，他做不到“百花丛中过，片叶不沾身”，但是，只结露水缘，游戏一番。这次，动了真心。

那晚，两人挤在一张床上。头陀要吹灯。女人说：有灯不怕，免得找不到地方。

头陀大喜！

他迷迷糊糊，好像在磨墨，笔蘸在墨水中，抽出来，在灵妙之处书写，写一竖，按捺着写到头，再展笔锋，或横或竖，加之有点笃实，撇捺的左冲右突。女人身体的迎合如纸帛相贴。呀！一笔好字，一篇好文章，一次心魄荡漾的笔墨纵横……

隔天，头陀对女人说：同去长沙。

女人问：去长沙？

他说：烟炱积得多，冬至一到，可以制墨。制墨要用牛胶、珍珠粉、冰片、麝香。还要添行头。

又说：你已经是我的女人，总要有定情之物，同我结婚应该有几身新衣，胭脂水粉要备，簪花手绢要有，擦牙的牙粉也不可少，免口臭。

女人摇头，说：我只认下力气做事，那些涂脸抹嘴巴的用不上。只求你两桩事。

头陀说：你讲。

女人说：第一桩，以后要叫你头陀。

点头。

第二桩，以后做那件事，莫看我的手脚，我手大脚大，难看，会败了你的兴致。

头陀一笑。

去长沙，银坊镇到长沙百多里，让女人坐轿子，死活不依，说坐轿子高高在上，让人抬是摆臭格。头陀说：百多里路，难走。

女人说：脚板硬，走惯了。

头陀发火，说：你一双脚越走越大。不坐轿子就坐土车子。

拗不过，女人只好坐进车箩。头陀找到本大屋的顺伢子推车。

头陀先前到了长沙，借住柑子园亲戚家。女人后一天到，也住柑子园，顺伢子长沙有亲戚，想在城里玩几天。寄存好土车子——城里有禁令，土车子不准进城，要寄存在外湘春街。

头陀去各商行订货，会朋友。在乡里的日子过得撇淡，他要在城里散心，嘱咐女人自己买胭脂水粉，衣料鞋袜。女人答应。他独自走进金器店，为女人挑好一对九成九的金镯子。

# 头陀写对联

头陀一早赶到西牌楼洞庭春茶馆，有朋友约他，是位新朋友，姓修名潜，绰号“袖箭”。东安人，在长沙生活多年，已经没有东安口音。

前一天，头陀踱去民众俱乐部，大开眼界。俱乐部有游艺大厅，有健身房，有各种运动器械。有乒乓球室、桌球室、高尔夫球场。“袖箭”经营一个高尔夫球场。头陀在球场路见不平，拔刀相助，助袖箭一臂之力，那次是真正的出手。

我问：那时就兴高尔夫？

七老倌说：岂止高尔夫，凡是好玩的，城里人都要试。其实，袖箭也有功夫，一般的叫脑壳不敢在高尔夫球场乱来，那次偏偏钉子碰了铁。

……长沙有兄弟二人，蔡三、蔡四。混场面的都晓得这两人爱唱京戏，会拉京胡。蔡三长袍子里面裤带上系把京胡，常在俱乐部混日子。莫以为这是两个斯文人，那次打高尔夫球，蔡三在女记分员屁股上拧了一把，被袖箭骂了几句。蔡三面子上过不去，沸反喧天，吆喝下河街一带虾兵蟹将，来场子里闹事。

去龙宫搬兵？

七老倌说：蔡三、蔡四的喽啰大都是下河街一带卖剁鱼、卖火焙虾子的游民，这些人喜欢起哄。……来了，这次蔡四更是没皮没脸，硬搂住女记分员亲嘴。后来越闹越不像话，掀椅子，砸桌子。袖箭出面干涉，蔡三、蔡四用高尔夫球杆劈面打来。头陀看不过意，上前说：莫乱来。

蔡三讲：你个乡里二老倌，敢在我姓蔡的面前抖威风？

虾兵蟹将起哄：乡里人，抖派头，肚脐眼露在裤外头。

蔡四的拳头立马砸过来。

头陀闪过，说：你姓蔡？乡里二老倌最会种菜，种水白菜。

他用两根手指扣住蔡四锁子骨，蔡四嗷叫，头陀两手推送，将他扔进水池子。球场工作人员齐嚷：种水白菜！

又要抓蔡三，蔡三吓得打尿噤，说：莫动我好不？当我是萝卜菜。

头陀说：黄泥萝卜洗一截，啃一截。

又将蔡三扔下水池。

众人又喊：洗萝卜！洗萝卜！

虾兵蟹将三四十，竟被头陀同袖箭打成虾泥蟹酱。赢了，头陀对蔡家兄弟丢下一句话：在这里逞什么能？有本事到前线打日本人！

事后，袖箭认定头陀是朋友，要请他喝茶，吃包子。

……头陀进茶馆，袖箭早在单间恭候。桌上摆一碟盐姜，开胃口，还有一包“红金”香烟。先上两杯好茶，龙井。

再上两盘包子，一盘四个，有白糖盐菜包、玫瑰水晶包、鲜菇大肉包、叉烧包。掰开包子，冒呲呲热气，喝香茶，吃过甜，再品鲜。有人凑过，问要不要点戏。袖箭要过戏牌，点一出《沙滩饯别》。头陀问：茶馆里听戏？

袖箭说：热闹。

布帘子掀开，进来一男一女，两位唱角容颜清雅。介绍：男的是“当红小生”徐师傅，女的是“新派老生”筱师傅。两人喝茶润喉，开唱。男的唱宋江，唱功老到，嗓音淳厚。轮到女的，唱卢俊义，大段唱腔：……手挽手走在沙滩界，弟把这朝中之事细说开怀……

如一泄清流，不掺半根草梗子。听得过瘾。

喝过茶，吃饱了包子，享足了耳福，袖箭陪头陀去天心阁。长沙城先前有城墙，巡抚谭延闿搞城建，拆得只剩下天心阁这一角。阁上走一遭，看云水湘麓，参差人家。头陀西望，湘江如条宽带子，水色浑蓝，岸边原先停泊挂米字旗的英国舰、挂“太阳膏药”旗的日本舰，现在都看不到。问起，都让长沙人赶走。

袖箭说，长沙人霸得蛮，断他的水，断他的粮，急得舰上的喊娘。

头陀兴奋，冒出一句“天下起兵诛董卓，长沙子弟最先来”。

已是中午，头陀问：报时的午炮不响了？

袖箭笑：早不响了，现在靠中山亭的电动钟报时。

中山亭？电动钟？头陀打算去看个新鲜。

袖箭说：值得看，我陪你。是要晓得个子丑寅卯，免得懵懵懂懂过日子。有道是：天心阁的午炮，中山亭的钟，少了它会活得神不隆冬。[①]

两人看城墙嵌石上的对联，头陀沉吟默计，描摹笔画，袖箭问起，就细说，一副连缀无数心字，一笔字映多少文华。

袖箭感慨：你这个朋友，武得也文得，值得交。

走出天心阁，已经是半下午，袖箭再请喝咖啡，一杯苦水子，加糖也嫌苦。袖箭说，长沙的套路，喝咖啡是为看女招待。

女招待走过来，果如其言，娉娉婷婷，模样又娇，口锋又利。头陀以为女招待是风尘女子。袖箭说：错了，哪个也莫想揩油，只能饱眼福。这位是向红，极纯品的。

向红笑着说：还能饱耳福。

说罢，从白围裙的大口袋中掏出口琴，吹一曲《满江红》。头陀说：你懂得岳飞的《满江红》？

向红说：懂一点。给你们推荐两味菜式。

叫：上牛排！

戴高筒白帽子的厨师端上牛排。向红说：这是“胡虏肉”。

① 神不隆冬：傻乎乎，糊糊涂涂。

再拿来冰桶，桶里一瓶红葡萄酒。说：这是“匈奴血”。

头陀吃不惯带血的牛排，葡萄酒也味淡，只是觉得“壮志饥餐胡虏肉，笑谈渴饮匈奴血”的意头好，依旧大吃大喝。

喝罢咖啡，两人无聊得很。袖箭说，带你去个地方继续过瘾。将他带到一处地方，看那门口有联，“垂帘不卷留香久，短笛无腔信口吹”，以为又是听戏。掀开布帘子，却见隔成好多单间，每间小房中摆竹躺椅，坐躺椅的人“仙风道骨”，各挺一杆烟枪，抽得起劲，这才晓得是鸦片烟馆，赶忙退出，扯着袖箭说：我的元神要保，受不起这一补。莫再陪我，我自己走甩手路。

下一日，袖箭赶到柑子园找他，陪他看中山亭的电动钟。

一路走来，感慨：世道真奇妙，老子吓一跳。

马路上看车看人，看两边店铺。车，怪事，车屁股挂个黑筒子。袖箭说：这叫木炭车，后面架的是煤气发生炉。

头陀说：新搞法，不燃汽油烧木炭。

袖箭说：湖南生产的煤气发生炉销往东南亚，还销到英国。

经过司门口，见到中央银行墙上挂大幅白布宣传画，画上三个日本人将脚伸进中国大陆。鲜红的油漆写着：狼子野心。

头陀说，东洋鬼子，鸡屎粒子大的国家，却想在中国耀武扬威。

袖箭说：都怪中国人一盘散沙。

头陀说：惹发中国人的血性，定会抱团。

路上走，看人，路人变了装束。以前男人长袍马褂，如果戴顶瓦片帽子，个个像道士；如今不同，长衫仍有，却显适体，穿西装的多，马褂换成了马甲。袖箭就穿西装。女人穿衣不再臃肿，旗袍的下摆不拖地，衫也短了。街上女学生多，一律阴丹士林布的蓝布衫，白围巾，大脚皮鞋。

这时，有女学生走到他们跟前，口中念念有词：倭寇一日不除，奋斗一日不停；国土一日未复，责任一日未尽。

在搞募捐。头陀掏出几个铜板递给学生，是不是太少呢？哪知女学生对他鞠一长躬，他感觉惭愧。袖箭摸出一块银钱投入募捐箱，女学生谢过又谢。

……街上一群后生子游行，打旗子，喊口号，旗号是“反日铁血救国团援沪第一大队”。头陀晓得这批后生子要去参加淞沪抗战，佩服：热血男儿！

……又是十辆汽车从身边过，车上有标语“北上抗日汽车运输队”。

袖箭说，是省公路局在长沙组织的运输队伍，支援长沙抵抗日本人的守军。

参观国货陈列馆。头陀目光随着十几根大柱子上蹿，足有几层楼高，远看近看，比哪座庙都威风。再有，陈列馆只卖中国货，英货、日货，对不起，莫占这块地方。感觉扬眉吐气。

不觉走到先锋厅，头陀怀疑走错地方。这里原来是提督衙门府，有照壁，照壁后是先锋营卫队。当年卫队声势吓人，刀枪棍炮，乒呤乓啷。如今照壁拆了，矗立起的建筑像楼不是楼，像塔不是塔，方方正正，几层楼高。这是中山亭，为纪念孙中山修建。亭上有电动时钟，标识几时几分。头陀想，怪不得不用午炮报时。

亭后是附楼，底层的门匾写有：公民教育馆。进馆，见摆书报，是间大阅览室，人多。大方桌上铺纸，有人写对联，众人围观。头陀问起，理事的说为天心阁征联。头陀说：天心阁不是有易培基[①]撰的好联？吟出：

飞阁凝天，碧马金戈同幻梦；

故乡何处，澧兰沅芷总关情。

理事的说：是呀。您老博识多闻。

头陀说郑家溉[②]的联好，字更好。

理事的说：是吗？愿闻其详。

头陀说出：

---

① 易培基：1880—1937 年，湖南省善化人。曾任湖南省立第一师范学校校长、北京故宫博物院首任院长。

② 郑家溉：1871—1944 年，抗日烈士，湖南长沙县人，曾在清翰林院供职，以书法著名。

此阁巍然，为全省观瞻所系；

世乱久矣，是一隅来复之机。

理事的赞道：先生果然不是凡人见识。能不能为这次征联留下墨宝？

头陀推让，袖箭说：何不试试？

头陀见到桌上铺的绵白纸，又闻到一阵墨香，心上冲动，手爪子发痒。仍是推辞，说：我只在泥巴里打得滚，不登大雅之堂。

理事的说：我看人从来不走眼，你定是高手，盼赐以墨宝。

袖箭也撺掇。头陀想，写就写，手头好钢火，要锻明月刀。他卷起衣袖，蘸得墨汁饱满，在绵纸上洋洋洒洒，写下两行：

阁峙九霄，繁华看九门九景；

城留一角，辉煌仗一意一心。

围观的鼓掌。有人说：这笔字值钱。

又有人说：请先生解释这副对联的意思，让我们长见识。

头陀说：上联说的是长沙原有九张城门，是不是？

众人数，东有浏阳门、小吴门、经武门；南有学宫门、黄道门；西有通泰门、潮宗门、太平门、大西门、小西门；北有兴汉门、湘春门。数来数去还多出几张。

头陀说：如今的长沙有些气象。

有人说：邋遢妹子掸去灰，俨然成个杨贵妃。

头陀说：我一路走来，看到新修的中山大马路，看过国货陈列馆，到中山亭。嘿嘿，乡里人进了城，眼睛望不赢。登上天心阁，高处望长沙，更是一张门一片景致。

众人叫好。

头陀又说：城墙拆了，老城墙留下这一角，看来还要大兴土木，好事。只是莫搞内乱，莫打内战，一致对外，会有更多建树。是不是？

又是叫好。

理事的谢过又谢，定要头陀题名落款。他在联的左下方署上“银坊一头陀”。

回柑子园亲戚家，见过葵嫂，晓得她只买了两袋擦牙灰，抱怨：天生叫花子命。于是讲起在中山亭的公民教育馆写对联的事，博众人一通欢喜。

女人对他说：面子大。比一床摇窝被还要大。

头陀说：满月伢子睡的摇窝被？莫非你有了？

女人说：一昼工夫犁出田，十夜工夫做出崽。你同我有几夜工夫？

头陀说：啐啐啐，不讲这些，亲戚听到丑死人。

女人说：订的牛皮胶、珍珠粉、冰片、麝香，货到了。还要添置哪些行头？

告诉她，要添筛子、碾子、勺子、戥子。女人说：我去买。放心，不会买错。

他没有将置金镯子的事告诉她。

正听得有味，手机响 。好家伙，竟是于果的电话，告知他在长沙，约我去天心阁见面，时间定在星期天上午。我担心电话会将七老倌谈兴打乱，让他继续讲。

# 头陀怜虎

在长沙，又是一天，头陀早起，颈脖飕凉风。仰看槐树只剩树荚子；屋瓦有白霜。想，天气冷了，制墨要上山，山上风大，脑壳冻不得。打听哪里能买到合适的帽子。亲戚告诉他，帽店多，老店有王胖子的“爵禄升”，后起的有“高升”“大吉”“周吉祥”；靠得住的有文六老实开的店子，店号“文武升”。

头陀说：讲这样多，记不住。

亲戚说：一门心思去青石桥，“文武升”是黄底红字的店铺招牌。这家靠撬针屁股挣来门面，货不差。

奔青石桥，看到黄底红字“文武升”，进店。先看女帽，有青色平绒帽，木扣子包绒做耳花，显老气。为自己看中两款，一款蒸钵帽，帽子像倒扣的瓦钵；一款“狗钻洞”，这种帽子掩头掩脸，戴上像江洋大盗，穿户逾墙，盗得到皇帝的玉印。帽子叫得难听，“狗钻洞”，我又不是狗。打主意不定，出店铺。肚子饿，买包子，要张干荷叶裹上。转到帽子店旁的药店“万临堂”。

入“万临堂”，看到大铁笼子关三只老虎，有大有小。原来是药店为招徕买主，搞的新鲜名堂。看那母虎，精神倦怠，头偏一边，虎须不展，有眼垢，气息奄奄。病虎，怎敌武松醋钵大的拳头，更不敌李逵的朴刀。两匹小虎成憨态，仰面躺在笼子中，你搭我一掌，我挠你一爪。

头陀看不过意，打开荷叶包，丢包子。母虎勉强撑起身子，伸掌，将包子拨给小虎，转眼已经被虎崽子囫囵吞食，母虎眯起眼睛，舔舐自己的脚掌，恹恹倒下。

有人说：老虎也有倒威时。

又有人说：进了笼子，虎落平阳被犬欺。

头陀心上发酸，头脑发热，找到药铺老板，问这几只虎卖不卖。

老板说：想卖掉。要喂肉，吃得多，养不起。

问起卖价，虽不是狮子大开口，却也要不少银钱。他打肚算盘，何处筹钱？仍说：我买！

老板说：买要趁早，迟几天会杀这只病虎，虎骨泡酒。

头陀说：三天为期。

头陀一路飞跑，回柑子园。亲戚喜滋滋对他说：中山亭写对联出了名，现在有人访到这里，想出钱请你的翰墨。头陀想，远水救不得近渴。问起葵嫂，说在外面办货。头陀说，我有要事回银坊，说罢出门。

找到袖箭，借匹马。骑马赶银坊，天黑赶到。寻出二十担租的田契，去典当。到断黑，总算典出，银钱、田契交割清楚。打算第二天早上回长沙。去迟了，老虎会被剥皮剔骨。

回家，喂过马，天已朦胧，狗吠夜，鸡归窝。他懒得吃饭，坐在门槛上吧烟。听到吱吱呃呃声，抬眼一看，土车子进屋。看到，打土车子的是葵嫂，黑汗水流；车箩里坐着顺生。放下土车子，女人说：公不离婆，秤不离砣。你有急事走了，我何得安心。

女人说起货置齐了，叫来顺生，一早动身。一路顺畅，没想到在离家三十几里的地方，车子翻了，压伤顺生的脚，他动挪不得。

看她累得上气不接下气，恼火，他说：你不会雇人？

女人说：荒郊野外，哪有人可雇？

你不会坐等？

等哪个？我又不是下不得力。

两人从车箩扶出顺生，送他回家。这回，头陀下厨，煎蛋，煮萝卜，蒸大片风干肉。

饭桌上，头陀看着女人油黑一张脸，说：你霸得蛮，合我的卯榫[①]。

妇人憨笑：今晚洗澡，你替我擦背。

头陀笑。女人也笑。

他告诉她，要用田契质来的银钱换虎。女人说：当真？

他说：不扯白。明天就回长沙，去药店。

---

① 卯榫：卯眼和榫头。卯榫结构的特点是在物件上不使用钉子，而加固物件，体现出中国古老的文化和智慧。长沙人说“合卯榫”的意思是“合我的构想”。

虎来了，放哪里养?

先跟我们上山。

也好。摇窝被没有置好之前，是要多个伴。

头陀说：当然，儿子落地，虎仍是伴。

女人说：要得。

男人说：以后这片山叫喜虎山。

要得。

头陀回长沙，赶万临堂。药铺老板说：母虎昨晚断了气。

头陀跺脚。看到两只小虎可怜巴巴，说:买这两只小虎。

老板同意。交割好银子，头陀跑民众俱乐部，找袖箭帮忙运虎。袖箭被弄得莫名其妙，沉思一阵，说：有办法。

找个马褡子，架放在马上，一边一个皮口袋，每个口袋装只小虎。

头陀骑马上路。走一程，放下马搭子，给虎崽子喂食，喂水。虎崽像是嫩伢细崽，萌得可爱，时不时舔他的手。

回银坊，将虎崽带上山。葵嫂每天去屠行买块牛肉，割成一寸宽的肉条，喂虎。虎躺在女人脚下，比猫还温顺。嫌山上日子清静，女人从山下带回几只幼鹅，鹅长得快，一两个月就伸长脖颈，想啄什么就啄什么。虎崽子被鹅啄到屁股，转身张牙舞爪，鹅不怕，一翅扇去，虎崽避到一边。

时不时有大屋的人上山看稀奇，虎崽子不咬人也不畏人，同鹅群斗来斗去，逗来逗去。大屋的人都晓得，虎崽子通人性，不咬朱家大屋的人。

袖箭来过银坊，坐轿子来，骑马回去。在山上同头陀见面，看过虎崽子，说：你是神龛上供的财神菩萨，同虎有缘。

头陀说：不对。财神赵公明骑虎；我是凡人养虎。

袖箭说：老虎吃肉，以后我委托在长沙、银坊两地走动的生意客，给老虎送牛肉。

头陀说：先谢过。求之不得。

# 头陀制墨

冬至那天，头陀早起，燃香，向天拜过，默祷过，对女人说：今天制墨。

他从袋中抖出买回的牛胶，支起大锅，装满水，锅中加些栲皮煮汁，捞过树皮渣滓，朝锅里添牛胶，边添边用锄柄搅动。牛胶入水，溶化，成了一锅琥珀汤。

头陀喊：添烟炱！

女人一瓢一瓢，将筛过的烟炱撒锅中，搅动；再添再搅，烟炱入水，水成浆，添得多，成泥。一锅琥珀汤熬出大半锅乌泥。改由女人搅拌，她支起戥子[1]，将小口袋里的珍珠粉、冰片、麝香过戥子称，按剂量配置下锅。等到乌泥能用手捧得起，散发出一股股芬芳，让人神清气爽。两人将锅中乌泥铲入石臼。头陀握起锄柄，杵动臼中乌泥。女人问，还要杵上几多次？

头陀说：万杵不厌。

山上弥漫一股浓香，说不清是草药的郁香，还是山花的野香，嗅过，让人踏着云彩，置身于山之巅、浪之尖。几只鹅，弯脖子拉直，晃动大脑壳在空中捕啄氤氲之气；两只虎崽子，头偏东又偏西，终于发现香气从臼中发出，

---

① 戥子：戥秤，是衡量轻重的器具。属于小型的杆秤，是旧时专门用来称量金、银、贵重药品和香料的精密衡器。

虎爪子搭在石臼上。

女人去做饭，问头陀想吃什么。头陀说：墨香得醉人。闻着它，什么也不想吃。

女人做好饭，再看头陀，竟扶着锄柄，睡着了。女人想，累的。扶着他挨着柴火躺下，她握起锄柄，继续捣杵。想到“万杵不厌”，万杵是多少呢？有了主意，每捣杵一百下，就用炭枝子在壁上画一道，画“正”字，一个“鸡爪子”是五百下。腰疼手酸，不管他，画了十六七个“鸡爪子”，她也扶着锄柄，站着入睡。头陀醒过神，惊动了她，她指着壁上“正”字说：一笔表示一百下，你看看，“万杵”够不够？

头陀说：蠢女人，这号下力气的事，应当男人做。

女人说：为什么不能做？只是不晓得计数。

捣得墨稞如糯泥，摸去黏糊糊，却不腻手，掰开冒芳馥，头陀说：用布包起，放柴灰中。他要置墨模，沉吟再三，找出纸笔，写两行。一行写“虎啸”二字，一行写“银坊头陀专用”。那边妇人喊叫，一只虎崽子跳入石臼中。女人冲洗石臼，臼中注满水，一只虎崽就在水中泡着，不时摇头眨眼，抖掉面上和眼中的墨水。将虎崽子抱出来，清水洗洗，墨色难褪，黄绒成黑绒。头陀大喜，说：好墨，一点如漆，万载存芳。此墨当传世。

他对女人说：以后两只虎崽子有名字了，染墨色的叫寅黑，没染的叫寅白，如何？

女人指着微微凸起的肚皮说：肚子里这个叫什么？

头陀说：叫寅俊，如何？

女人说：好！

袖箭打发人送牛肉上山，来人同寅黑、寅白打闹嬉戏，说：修先生请你去长沙，观看省城武术比赛。其实就是打擂台。

头陀想，做墨模要找长沙的细木工，就同赴长沙。

袖箭听说头陀要置墨模，一口应承，他在长沙路路通。说：先看打擂台，这次有戏看，教头、叫脑壳凑齐了。叫得最凶的叫脑壳姓柳。

头陀问：哪方神圣？

说起这位姓柳的，牛皮吹上了天，说他是峨眉山某道人的门下，能一口气将满缸水吹得见底，能赤脚从水面上过湘江。这个人比蔡三、蔡四更搅事，经常是赤脚草鞋，手握大红纸伞，坐双铃包车在街上横冲直撞，见到漂亮女人就涎皮搭脸。这次他叫板国术训练所的教官。

头陀问：如何？敢应战？

袖箭说：有什么不敢。杀鸡不用牛刀，让学员同他过招。

当晚，袖箭陪着说话。头陀说起当年闯大围山，想伐树制墨，以为他投奔红军，被“黄皮子”扣押。袖箭说起，红军在井冈山的大队伍已经转移。头陀说：听说过。红军要北上抗日，“黄皮子”层层设卡阻拦，拦不住。红军比梁山好汉更有血性，也得民心。

袖箭说：其实是杀出一条生路。惨呢。从江西转到湘南，转到广西境内的兴安、全州，在那里渡湘江，打一恶仗。骗走你墨宝的那位副司令，就是追剿红军的湘军主力，还有桂军、粤军，几十万人打几万人，不晓得死多少人。河里漂一层。

头陀听罢，头皮发炸，问：什么时候的事情？

袖箭说：一二十天前。至今兴安、全州一带的百姓还在念“三年不吃湘江鱼，十年不喝湘江水”。

头陀的心猛地凄凉。

不说这些了，睡觉。

打擂台那天，头陀被让到前排就座。头陀说，我算什么，山野匹夫，不坐前排。

袖箭说：莫小视自己。你的诗，你的字，被省长、副司令看好，再说，你功夫不差，为什么前排坐不得？

坐下，前方是草席搭的棚子，上端有横幅：湖南第二届武术比赛。两边有联：弘扬国术，切磋武艺。身边挤军政要员，戎装的有，中山装的也有。很多人鼻梁上架金丝眼镜，纳闷：莫非是些饱读诗书的眼镜子？若不是，何必装模作样？不断有人往前涌，挤上前的都是些趿烂巴鞋、嚼槟榔的角色，推推挤挤，喊喊叫叫。头陀似乎弄明白：比武是簪缨冠冕、贩夫走卒的共同爱好。

台上打过几轮，轮到姓柳的出场，好足的劲势，对襟褂子，逢中缀一排白色的一字纽，如趴条蜈蚣；青布绑腿，脚蹬草鞋，俨然江湖侠士“一枝花”、窦尔墩的做派。

有人议论：看这架势，定是身手不凡。

袖箭说：菩萨没雕成，先雕出个子孙袋子。

同他对打的是国术训练班的学生。鼓鼓敦敦，却不怯场。只两个回合，姓柳的被人抱腿一个重摔，倒地。蚯蚓也有爬泥功，姓柳的倒地后死死勾住对手颈脖，这一招叫“死狗还阳”。两个人抱在一起，再滚。裁判上前拉开两人，却被姓柳的喽啰鼓噪：两个打一个。

细看这批喽啰，又是大西门一带的虾兵蟹将，都为姓柳的捧场。

当即停赛。

头陀想起要做的正事，墨要制版。袖箭陪他找到绣品房姓杨的画师，姓杨的画虎出名，只是要将老虎缩小到方寸之间，画师不肯费神。多出些钱，应承，画出只雄踞峻岩的猛虎……再走到刻字店，出高价制成两块版，五寸长，一寸宽，面版刻虎，取样于杨画工的手绘，“虎啸”二字，是头陀的笔触；底版刻松叶纷披，下角有“银坊头陀手制”

六个字……找细木工制墨模，以檀木为材料，动锯、刨、刀、凿，以四木为墙，夹上、下两片印版，上墙露榫，下墙暗榫，再上木箍。墨泥入模后，压制成型，然后去箍取墨。

两天后，头陀拿到模具，端着装模具的匣子，喜滋滋，如捧武林神器，功夫秘籍。路过小吴门，袖箭催他快走，莫逗留，头陀纳闷。见到一些人围着根电线杆仰看，头陀抬头，猛然看到电线杆上挂着风干的人头。

袖箭说：本不想让你看到，砍脑壳示众的场面太惨。

头陀问：死的是哪一个？

袖箭说：红军三十四师师长，死在道县。听说他拼得命，一个师担任主力红军的后卫，真是绝命后卫师，同围追他们的几千人斗。冷枪打中他肚子，被当地民团俘虏，送到国军去请赏。据说，他要向国军投降，不只是好医好药，至少能当上个军官。

头陀说：投降？命只个命大，萝卜只个蛋大。

袖箭说：话说回来，同是红军将领，红十六军军长孔荷宠，平江人，反水后不是被老蒋接见，与他同坐豪华轿车，绕南昌城一圈？

头陀说：那又如何？申公豹还是商纣王跟前的国师呢。

袖箭说：是呀，邪臣叛将，遗臭万年。这位红三十四师师长生辰八字硬，发蛮，一狠心手从伤口处抠到肠子，扯出来，这样送命。脑壳被割下来，送到长沙示众。

头陀听得汗毛倒竖，竟至哽咽，半天后，吟出“身既死兮神以灵，魂魄毅兮为鬼雄”……

头陀回银坊，脸不伸，眉不展，像入了魔怔。葵嫂喊他换衣，不换；喊吃饭，不吃。独自坐在石坪上，看山下草莽。女人为讨他欢心，叫来寅黑和寅白，两只虎崽子用脸擦他的裤管，被他一脚踢开……

有个打猎的，也是朱家大屋的人，打了只野兔子，还有野鸡，来山上石坪歇口气。两只虎崽围着猎物转，竟跳起脚，撕咬猎物的血肉，赶不走。打猎的问：虎崽子喂什么？

答他：牛肉，长沙城里送来。

打猎的说：天天喂牛肉，同养猫崽子有什么区别？虎要吃血食，放下山，让它们捕食野兔子、獐子、麂子，腿脚健壮，才有活力。

头陀一想，有道理。是虎就要有野性。

第二天，他把寅黑、寅白引下山，在草丛中扔些碎肉子。两只虎崽子成天关在山上，只有鹅做伴，得了自由，好不自在。再说，挨了头陀一脚，也有怨气。放到山下，倏忽间钻进草丛中。

第二天，长沙送来牛肉，女人挂记虎崽子，提块牛肉朝山下喊：寅黑、寅白，有牛肉吃！

只见草丛中露出虎影，头陀清楚看到，两只虎在草丛中腾挪跳梁，虎脊在草尖子上画出两道柔美起伏的弧线。

足足过了几天，醒过神来，说：制墨。墨泥子上模具。

两夫妻从柴灰中取出墨泥包，打开包袱皮，又是芳香满鼻。取墨泥，填墨模，松箍取墨锭 ，一个时辰做五六块，接连压泥取墨，做下好多块，再用布包上放柴草灰中，阴干。

过几天，取出成型的墨，头陀用墨蘸口沫，在女人脸上画，说要画出个钟馗娘子；女人也斗胆在他脸上画，画过，说他是烧火老倌。

我不解，什么是烧火老倌？

七老倌笑着说：以前烧柴火灶，灶膛要出灰，出灰时两膝着地，弄脏膝盖；“污膝”的谐音是“污媳”。所以将为老不尊、玷污媳妇的公公叫作烧火老倌。

我问：头陀不恼？

七老倌说：制出了墨，头陀喜欢得连地打滚，恼什么？！

头陀拿出锉刀，为墨锭打毛刺。而后在墨锭上描金：墨上，虎凸显出来，蹲踞山岩，正应“虎啸”二字。背面是“银坊一头陀”的金字专章。

墨制出来，找个地方收藏。头陀有了主意，拉着女人到两峰之间，大樟树下有个洞子，洞口人多高，进到里面，是块坪，比堂屋大，干燥、阴凉，只是地面不平。头陀让女人摸洞壁，一点渗水也没有。他说：墨放在这地方稳当，不受潮。

夫妻两人将几百锭墨搬到洞中。

# 头陀的书道

那天上午，亭眼镜上山找头陀。头陀说：难得。有指教？

亭眼镜说：感你大恩大德，造了桥，修了路。只是……只是镇上有人眼皮子浅，说你制墨用的几棵古松是公产。

头陀说：公产？认出钱，如何？

亭眼镜说：那倒不必。我替你作过盘算，莫如在老树倒下的地头，种些松树，树苗子我弄来。

女人一旁连连点头，说：我去种。

又说：听说你带回两只虎崽子，放到山下，会不会伤人？

头陀说：目前不会。今后我用铁丝立道篱笆，如何？

要得。要得。

亭眼镜又说：还有一桩。

头陀笑着说：你说话如鸭婆淌屎，淌过一泡又一泡。

亭眼镜说：晓得你的脾性，本不想说，确实犯难。

头陀说：又是鸭婆淌屎，有什么，直说。

亭眼镜突然发问：你对日本人看法如何？

头陀愤愤：倭寇！“九一八”占我东北，“一·二八”发动淞沪战争，又犯我长城，寇性不改？

亭眼镜说：日本也有可取之处，当然，我不以小善掩大恶。

头陀说：晓得你在日本读过书。帮东洋的娘屋里人说话。你到底想讲什么？

亭眼镜说：我的天，日本哪是我娘家？旧话重提。我先前说起过的明朝遗臣朱舜水，他到了日本，日本人当他是神，当他是圣，特别是德川幕府，依他的“实理实学，学以致用”治国理政。

那又如何？

日本人依他的学说，操练内功。

那又如何？

亭眼镜说：论起来，倒是我们这位本家帮助了日本人。是不是？

是又如何？

亭眼镜说：我的意思是我们也要师夷之技，师夷之法，修炼内功。是不是？

日本人有个什么技，什么法？

亭眼镜说：守纪律，服从性好，做事认真，肯学习，哪怕是偷师也学，虚心得很。

头陀半天没说话，他细一想，有道理。日本人“操练内功”，操出个明治维新，操出个船坚炮利……

七老倌烧水，为我续茶。由日本国、日本人，我想起了……

早几年在日本旅游。

……在浅草观音寺，日本人挂出了世界上最大的草鞋，足有几米长。挂的灯笼也是，3.3 米高。都悬在寺院大门——雷门。寺院外有块空地，几十幼儿在操练队列，全然似大人，四五岁的小孩子穿着整齐，一人一杆旗，起劲地操步伐，顶着烈日暴晒。没有家长递饮料、送水果、塞毛巾；甚至没有人围观；空地上并没有停救护车——这有些不可思议，当天上午的气温超过 35 摄氏度。导游说：日本孩子吃鱼不会有家长帮剔鱼刺，倘若被鱼刺顶在喉咙，就让孩子自己处理，孩子吃过一次亏，下次吃鱼会格外留心。这番话让我深思。

在日本，商品的标价是多少就是多少，没有讨价还价的余地。不止大商店，小商店也是如此。中国有通融一说，这里没有。商店的洗手间很清洁，提供厕纸，同时是两卷。其实，日本所有的厕所都这样。

我们后来到了河口湖，住在温泉酒店。温泉设四楼，浴室隔壁是间较大的会议室，门前整齐地摆满鞋，有学生在室内聚会。我泡过温泉，路过会议室，门已关上，聚会正进行，竟然没有喧哗，连说话的声音也听不到。如果在我们这边，早就嬉皮得一塌糊涂了。

不禁感觉到，日本国的子民，从老到小，做事都有一股狠劲；他们的文化观念，大草鞋、大灯笼，表面上温情脉脉，骨子里却是好勇斗狠；他们的管理周到，不含糊，极其规矩，这就是效率；加之他们的心机深沉，处心积虑，这样的国家整个儿渗透一个字：“狠！”

不得不佩服，也不得不警惕！

围绕头陀和亭眼镜，七老倌继续讲。

头陀问亭眼镜：还想讲什么？

亭眼镜说：说了你要答应我。

头陀说：先说出来。

亭眼镜说起在日本留学，读法政学堂，学堂在东京都千代田，那一带浪人多，经常被欺负。好在得一位日本同学的关照。

头陀问：那又如何？

亭眼镜说：这位同学后来在文部省任职，派到中国。迷上书法。他听说朱家大屋出高手，在庙会上见到你写在斗笠上的字，又在长沙了解到你为天心阁撰联，找到我。

找你做什么？

找的是你。要我为他引见，一定要来你面前请教。

头陀说：懒得理你。

亭眼镜说：你看你看，答应过的事，就变卦。

头陀转换话题，问：你是保甲，啰唆事多不？

亭眼镜说：哪个讲不多。春上就被省里民政厅叫去，说要实行地方自治，要成立区公所，制定区公约，成立乡镇公所，搞户口普查……

头陀说：你是大忙人，莫耽误你的时间。

逐客。

一早，鹅叫嘎嘎，吵醒头陀。起身，东望山下，茅茨凋落，草色枯黄。见到草丛中有野凫惊起，又见一黄一黑，两道弧线在草叶中跃动，晓得是寅白、寅黑在追逐草丛中的野凫。暗喜：好呀，学会打食。他似乎长了精神，合捏两手，指关节咯咯作响，动了写字的念头。

石板上铺开纸，找几块石头镇纸，拿出砚池，取一锭虎啸墨，池中画圈。越磨墨越浓，池中越香。他打好腹稿，蘸满墨汁，想起牺牲的红三十四师师长，眼前，硝烟战火，刀光剑影，将军断头，壮士断臂；也有虎奔、虎跃、虎啸、虎踞。他附身于虎，笔的尖毫如虎爪，在绵白纸上抓挠出极有力道的几行：

历劫经难再移师，
天颓仍有独木支。
英雄肠断男儿血，
重组尧山舜水诗。

写到最后，将砚中余墨蘸尽，使尽腕力，此一“诗”字如老树枯藤，如锻如铸。

诗成，纸上字如亮漆。头陀这才释去重负。向天默祷：

断头壮士，为你送行来了！

他洗砚池，涮笔，等待纸上的墨迹干透。

不料有人来。果然是亭眼镜领人上山。来人是瘦个子，肤色黑，穿得普通，挟一个布包，见面鞠躬。自我介绍，说他叫菊下幸之助，叫菊下就行。菊下的中文流利，在头陀面前说话谦恭。他一眼看到铺在石板上那幅字，连鞠"镰刀"躬。

头陀说：不必了，无非一幅字，不必动此大礼。

菊下说：要的，要的。朱舜水，他是中国的骄傲，又是日本的先贤。

头陀细看自己的诗，省过神儿，说：诗中的"舜水"不是人名，是承接"尧山"而来，"尧山舜水"说的是中国山河。

菊下说：我懂，我懂。仍要拜舜水先生，水户党派的光积学和德川光国都是舜水先生的门生。凡日本人都应感恩。

菊下又夸头陀的字，说是冲举高蹈，不同凡响。头陀对亭眼镜说：喂我蕻子菜。

长沙方言，将说奉承话说成喂蕻子菜。不晓得菊下是不是弄得懂。他打开挟着的布包，取出一本书送给头陀。书是《夏目漱石[1]·书道精粹》。头陀大喜，边翻看，边念：

① 夏目漱石：1867—1916，本名夏目金之助，笔名漱石，取自"漱石枕流"，日本近代作家。

漱石漱石，漱流枕石，性情所致。

亭眼镜问：为何？

头陀说：石才可以枕，流才可以漱——偏要反其道行之，说成漱石枕流，可见是个特立独行的人物。

菊下说：夏目漱石是日本国国民大作家，到过西洋，研究西洋文学。

头陀说：怪不得字写得如西洋人的字母，流畅。

菊下说：是呀，我以为书法同人的气质、人的经历、人所处地域、关系大大的有。

头陀说：那的确。

菊下吞吞吐吐，要向头陀讨教，了解湖南人的书法，头陀不愿讲，后来想到，伸手不打送礼人，毕竟是登门求教，又带来这本《书道精粹》，于是讲开……

头陀一口气说出：湖南，绾毂①南北，控制东西，讲得好听是人杰地灵，其实是土硬人倔，人的脾气臭，沉不住气，遇上不平事，切齿扼腕；就算到过这里的外乡人，也会受影响，变得感情用事，好哭。

菊下问：怎么说？

头陀说：从古到今，三湘有过“三哭”：蚩尤战败，大哭，泪水成雾，叫作“蚩尤旗”；屈原赤脚走江湖，一哭一回头，后来在汨罗江跳水；贾谊在长沙大哭，后来忧

① 绾毂：义为控扼，扼制。

患而死。硬、倔、忧、患，这几个字如狗皮膏药，贴在湖南人背脊上，撕也撕不下……

亭眼镜问：湖南人的书法如何？

头陀说起湖南的书法名家，道州有何凌汉，益阳有胡达源，茶陵有谭仲麟，湘乡有曾国藩，湘阴有左宗棠。

亭眼镜插嘴：应该还有何绍基、谭延闿。再有，胡达源是哪一个？

头陀说：蠢。何绍基是何凌汉的儿子，谭延闿是谭仲麟的儿子。胡达源是胡林翼的爹。家学、家风、家教，才有以后的何绍基、谭延闿。后来何绍基创“回腕法”，写出的字更显秉性：犟、拙、奇、放，大体是取颜体之宏博，而掺以欧体之劲峻。

菊下掏出纸笔，记个不停。

……这些书法大家并不是成天守着碑帖经营笔墨，即使品赏古人书法，也当作是读诗、读画、读人、读世界。

亭眼镜说：怎么呢？

头陀说：譬如读一幅笔墨淡净的画《白鹭立雪》，你看到什么，想到什么？

亭眼镜说：鹭！

头陀：凡人凡言。

菊下说：雪！

头陀说：有些见地。

两人问：那是什么？

头陀说："白"才是境界。

七老倌讲到这里，我也是一头雾水。说：太玄了，头陀是不是玩形而上学的把戏。

七老倌说：他还有更玄的，让日本人心服口服。

还有什么？

头陀问菊下：听说过怀素吗？

菊下说：知道。草书格外得好。

头陀说：他是长沙人。他的草书字体纠葛，引人入深山见老树枯藤；字的布局上不讲规矩，如乱石铺街，却在整散、方圆、平奇、纵横上相辅相成，整幅字浑然一体。你们可见到过两个挑着重担的人在山道上狭路相逢？

亭眼镜问：同挑夫有什么关系？

菊下也莫名其妙。

头陀说：挑夫狭路相逢，你不让我，我不让你，会打开脑壳。于是，你挪一尺，我缩一步，都识进退，懂礼让，才能你过得我也过得。写字也是这样，想张扬，就要留出余地；想收敛，定为蓄势爆发。最后讲到书法的气韵，正如杜甫《观公孙大娘弟子舞剑器行》中句子：

霍如羿射九日落，矫如群帝骖龙翔。来如雷霆收震怒，罢如江海凝清光。……

一番话，让人目瞪口呆，菊下头点得如鸡啄米。

头陀接着说：中国的书法追求天人合一。看上去是篆书，篆字却牵你的手走入上古，天地山川，木石土田，虫鱼鸟兽，男耕女织，日出而作，日落而息，字就是图，就是画。

……隶书如凿如刻，字字有深痕，又不容圆凿方枘。

……楷书重在敦睦、稳重，如谭延闿那笔麻姑体，字的布局“上不让下，左不让右”，却稳稳当当，不偏不倚。

……草书如气血，气血要旺盛；如脉络，脉络要舒展，走笔随势显奔走呼号、闲庭信步、拔剑四顾、冲锋陷阵。如怀素《自叙帖》，耳朵贴在帖上，听到他在念念叨叨、嗯嗯唧唧、喊喊叫叫、嘘嘘唏唏。是不是？

菊下说：是的，是的。

头陀又说：这就是五音之谐，还有五味之和。酸、甜、苦、辣、咸，是五味。东甜西酸，北咸南辣，湖南人偏爱辣，写字有“辣劲”，笔锋藏而不露，辛辣入字凝形。和谐，和谐，总之是“和为贵”。

菊下问：何以见得？

头陀说：有来由，源远流长。你不见中国神话？“夸父逐日”，是人与时光较劲；“女娲补天”，是弥补“天之过”；后羿射日，是不忍接受天气的变故；“精卫填海”

是表示百折不挠，初心如一。哪个故事都不是喊打喊杀，血湖血海。

亭眼镜说：日本国也有神话著作《古事记》。神话人物有天照大神、月读命和素盏鸣尊三姐弟。素盏鸣尊是男神，好不乖巧，竟扒开他姐姐天照大神的屋顶，朝下面拉屎。

头陀的话惹菊下不满，菊下满脸锅墨烟子，迁怒于亭眼镜，说：你只说出其一，没有说出其他，素盏鸣尊不是斩杀了八岐大蛇？

又说：素盏鸣尊只是任性自为而已。我国的神话要表现的就是这种“自为”的精神。

头陀暗骂：就是要在人头顶上拉屎？荒唐！

头陀不再讲话，场面板结，亭眼镜急于打圆场，说：机会难得，何不都留下墨宝，彼此切磋，如何？

头陀对亭眼镜说：你问他，是不是写字有瘾？

菊下听懂了，点头，说：愿意献丑。

又说：我写之后，愿先生赐以墨宝。

头陀听出，话里有怨气，藏机栝，日本人从来不服输，菊下的书法绝不会差，他在“下战书”。

头陀取出文房四宝，铺平白绵纸，拿出虎啸墨，在砚池中磨开。菊下也想化解僵局，说：呵呵，好香的墨！在日本，伴着这样的墨香，是可以吃鱼生、喝酒的。

头陀说：酒有，鱼难弄，山中，鱼不会生树上。弄餐家常便饭，行不？能不能吃辣？

菊下一口一个哈咿，说：能吃辣的，芥末、辣根草是最爱。

葵嫂听到，腆着个肚子，连忙去灶屋准备。头陀来而不往非礼也，进屋，拿出两锭虎啸墨送菊下，说：家作货，莫嫌弃。

菊下捧着虎啸墨说：宝贵，宝贵，一定珍藏。

头陀继续磨墨，百研无声，千旋香溢，待到香氛一缕一缕在空中相接，更加浓郁、芳馥，更加“热闹”，如一群伢妹子相遇，在空中拍手。菊下受墨香鼓舞，取出自己的毛笔，两根手指捏着，略作沉思，踌躇满志，眉毛一拧，说：山河荡荡，乾坤朗朗。八闳一宇，事在人为。

话逞霸道，有杀气。头陀不语。

菊下择绵纸的中端，落笔，写出“自爲”二字，仔细看过，没有破绽。他对头陀说：轮到先生。

头陀仔细看过菊下的“自爲”二字，字不差，非行非草，自成一体，“自”有“目”，“目”显刚鸷、张狂；“爲”下有四点，如马蹄征骋，肆行无忌。好一“自爲”，恣意妄为。头陀拿出笔，这支笔不寻常，其中掺有头陀的胎发，是他当塾师的爹留给他的。他想，肤发受之于父母，笔墨当无愧于子孙，一负气，在“自爲”二字前加一“好”字，后续一“之”字。“好”字布局庄重，“女”如巾帼、“子”若元戎，比肩而立；那一“之”字，如关云长手中青龙偃月刀。

头陀暗笑：拖刀计。

菊下偏起脑壳，仔细看过，嗯嗯咿咿一阵，沉下脸。纸上，“好自爲之”四个字，挫他锐气。他悻悻地对头陀说：先生好功力，好心计。

这时葵嫂摆放好碗筷，催吃饭。菊下说：不吃了！

他转身要走，嘱咐亭眼镜：这幅字带走。

两人下山。

葵嫂说：为何不吃饭就下山？

头陀说：气饱了！

# 头陀义卖

我总是想起头陀和他的虎啸墨。

接下来的日子，镇上工作相安无事，我当我的镇长，黄群继续当他的群主。

有时，我会突发奇想：若是生产出虎啸墨，打开销路，岂不是本小利大？我查过墨的行情，若是沾上“古”字，送到保利、嘉德这些拍卖行，网上交易可以卖到几百元一锭。可是，古不起来呀……也无妨，现在国学是显学，好多地方，好多学校，让小学生读《三字经》《弟子规》，国学的承载离不开文房四宝，学生练习书法，可以涵性情，长德行。书法成风，需要的墨肯定多……只是，现在哪个学生还磨墨呢？要习字也是用墨汁。不过，磨墨这种陶冶性情的事情值得提倡——三根手指头捏墨，凝神定气，心无旁骛地画圈，不就是手指头上的瑜伽？我脑壳里有了从生产到交易的虚拟图景：

第一步，打宣传战。我设计好虎啸墨的宣传词。

其一，文房四宝，墨不可少。虎啸古墨，好上加好。

其二，一手好书法，百岁可留芳；一锭虎啸墨，千载可留香。

其三，我黧黑的肌肤，可助你写出人生的华章。

其四，磨墨，三个指头的瑜伽，何不试试？

第二步，销路问题，可以同“书香文化”“华章”等笔墨有限公司或文化传播公司联系；另外，派人分别去安徽宣城泾县、浙江湖州善琏镇和广东肇庆的端州联系，促成文房四宝连锁店，捆绑出售文化用品。

第三步，效益估算。如果一锭墨卖古墨的十分之一，甚至是几十分之一，就以二十元计算，一年能销出十万锭，就是两百万元，刨去材料、工具损耗、工人工资满打满算一百万元，这样纯收入就是一百万元，还可以安置一二十个闲散劳力。

第四步，原料供应。遇上难题了，制墨取烟炱需要燃烧松木，松木去哪里找？我想到喜虎山上，葵嫂后来种的那些松树，已经有好几十年了，能不能用上？

我发觉，自己头脑一发热，就会应了那句俗话——菩萨没有雕出来，先把个子孙袋子雕出来了。

我在雕子孙袋子。

黄群主百无聊赖，给他安排一项工作，负责全区在职干部的体检和健身。他很尽责，不仅联系好全区职工去长沙三甲医院体检，又组织健步越野队和乒乓球队，以增强区上干部体质。这天找到我，登记运动服和运动鞋的尺码。我顺便说出，据七老倌说，没有喜佛山这一说，喜虎山倒是说得过去。

群主说：喜虎山？ 1952 年以后，莫说长沙，好不容易在岳麓山后山桃花冲发现一只老虎，都被打死，剥下的皮制成标本，放到湖南师大生物系标本室。有个什么虎可喜？

我说：那也不能叫喜佛山呀。没来由。

群主说：没来由可是有商机哩。这几天能不能赏脸一起吃餐饭，有位熟识的朋友想见你。

我告诉他，见面可以，不必吃饭。

这个朋友竟是亮亮，黄群感叹“既生群而何生亮”的亮亮。在一家茶室见面，品红茶金骏眉。亮亮脸色黄，如蒙一层茶垢，比不上当年英俊，穿一身名牌，显格调。他为盅中斟上琥珀橙的茶水，说：这种茶来自武夷山，是精品。我行事喜欢搞点精品意识。

我说：是啊，是啊。精品意识。

他催我品茶，说：这种茶，热汤香气纯正。

我想，不纯正还行？喝的是茶，又不是馊米汤。

他又说：喝茶是文化。你再品。温汤熟香细腻。

还温汤。我喝茶是为解渴，向来是大口牛饮。文化？难道能喝出个《四库全书》？

过一阵，盅中茶凉了，正待添茶，他再说：现在是冷汤，清和幽雅，清高持久。

冷汤？除了谈茶就会冷场？有事说事，没事早散，喝口茶还要打持久战？我问他：找我有什么事？

他不慌不忙，取出一叠图纸给我，说：你看看，如何？

我看。看到图纸上画的是喜虎山，山腰有几幢漂亮房子。

他说：我考察、勘探过喜佛山。

我纠正他：是喜虎山。

他说：反正是这座山，有开发价值。你细看，这是找专家做的山庄效果图。

我细看，水粉绘出的山庄的确又现代，又古风，又大气，又玲珑；有亭台，有楼阁，有树木，有花丛。只是，既然是效果图，当然要美化，要粉饰出最佳效果。说到效果，独眼可以“效果”为“一目了然”，驼子可以“效果”成“鞠躬尽瘁”“路不拾遗”。历来选出的港姐、韩星，哪个不是“效果”出来的？我对“效果”有本能的抵制。仍是敷衍他，说：纸上的效果不错。

亮亮接着我的话讲：纸上效果不错，竣工后效果只会更好。我公司决定租赁这块土地，办个健身山庄，要你拍板。

我说：我的老同学，土地租赁是大事，必须镇上讨论。到时候再说吧。

亮亮说：也好。请你一定将这桩事摆上议事日程。

同意。我晓得，这件事搪塞不过，亮亮已经做通黄群的工作。当初他们为绵绵成为竞争对手，化干戈为玉帛是什么时候的事？绵绵呢？

精品意识，精品意识，制得好腮腺炎的虎啸墨，才是真正的精品。

我想到墨，想起虎，想起头陀。又去听七老倌讲古。

我见七老倌，讲出再造虎啸墨的想法，七老倌欢天喜地，连说几个好。他说，成批量地生产虎啸墨，还得寡妇生崽，众人帮忙。我说：生个儿子让众人帮忙？

七老倌笑道：这是讥笑寡妇结识的野男人多。如今妇女生崽送医院。早年间生崽要产婆搭把手。若说起当年的葵嫂子，生崽却是一人搞定，连头陀都不在跟前。

为何？

七老倌说：不为何，她霸得蛮。晓得自己要生了，打发头陀去镇上买鸡，买猪蹄子，买脐子膏，买人参、槟榔心、沉香、天台乌药，这四味药材磨出的汤汁叫四磨汤。

四磨汤？哪个吃？

四样药物在擂钵里各磨一两百个圈，磨出的浆水兑水给婴儿喝。“要得小儿安，多喝四磨汤”，晓得不？

我的天，早年间生个儿子也不省心。

头陀走了，葵嫂子喘着气，感觉到产前阵痛，连忙烧一大锅水，找不到剪刀，她果决，打破个瓷碗，碎碗片在火上烤过，消毒。这时腿间已经有黏黏湿湿的东西，晓得羊水破了。自己在柴火上躺下，使把劲，生出儿子来，褪包衣，碗片割脐带，舀水洗过，这才抱着初生儿躺下。

头陀去镇上，先去药铺买脐子膏，买四磨汤料，再买几只鸡，又去肉铺买猪蹄子。肉铺找不到老板，问起，隔壁农户家的母牛下牛崽子，老板去帮忙接生。头陀想，自家老婆生崽不让看，且看牛婆下崽。凑过去，看到小牛已经生出来，一身湿，只是站不起。有人熟行，为小牛剥去前蹄上的一层壳，牛崽子抖去身上的胎液，站起来。头陀说：让老子长了见识。

回山上，听到嘤嘤吱吱的婴儿哭，晓得生了。纳闷：女人分娩比母牛下崽子还容易？大喜，来不及慰问葵嫂，抱起娃儿那一团红肉，亲过又亲。就问：公的还是母的？

女人说：自己看。

看到是公的，更是欢喜，猛地问：是不是剥了蹄壳？

女人莫名其妙，问清小牛蹄子剥壳一事，笑，说：你抱在手里的又不是牛崽子。

两夫妻大笑。头陀喜得赶紧杀鸡炖汤。女人给婴儿贴脐子膏。

当晚，头陀摸出那对金镯子，套在女人手上，说：谢谢你。

女人说：谢什么？

他说：为我生了个儿子。

女人说：你的儿子就不是我的儿子？我要洗菜、煮饭、喂奶子，戴着镯子做事不方便。

头陀说：以后洗菜、煮饭的事都由我做。

女人说：讲得好听。喂奶子的事也交给你？

头陀尴尬。女人说：只要你应承磨四磨汤，我心满意足。

从此，头陀每天磨四磨汤。轮番握着几味药材，在擂钵里打圈，觉得比磨墨还艰难，特别是捏住那颗坚硬的槟榔心，在擂钵壁上擦得嘎嘎响，手指发酸。他不禁拿起桌上的虎啸墨比画，想到，毕竟磨墨轻松些。

伢子春上生的，到起伏足有两个月。起伏后，女人抱起伢子出屋歇凉。头陀仰看满天星斗，赶忙将她推进屋。女人问：为何?

头陀说：万一有颗星子掉下，砸到伢子怎么办?

女人笑他痴。

一早，头陀从女人身边抱起伢子。她说：留神，摊上露水会受凉。

头陀说：不怕的。我也晓得疼儿子。

他抱着儿子出屋，猛吸一口长气，感受到山林的芳馥，就看到，初升的太阳像颗火柿子，红得肿胀。俯瞰山下，竟然发现丛林间一道黄、一道灰白的两痕虎脊；再看怀中伢儿，头圆额凸，眨眼睛躲避阳光。头陀心上火热：老子有墨有虎有儿子，天下的好事都堆在我身上。

他突然想起，应该给儿子喂四磨汤，进屋找擂钵，后来又找砚池，笨手笨脚，惊动女人。女人见他一只手抱崽，一只手握着一方砚池，理解他的心思，接过儿子，说：今天四磨汤由我张罗，你去磨墨写字。写字的功夫莫荒废了。

头陀大喜，取出虎啸墨，边磨，边沉吟，接着铺纸，润笔，写下：

寅获天滋演造化，

俊缘人脉长精神。

他看到纸上两行，好得意，“寅俊”二字都嵌进去了，儿子定有出息，定是生龙活虎。想到这里问自己，让他有怎样的造化？升官发财？想坐轿子须得先抬轿子，想有人拍马屁，先得拍人家的马屁。去他的，使不得，使不得。经商致富？为富不仁，为几个钱，脸皮子剥下来给人做鞋底？使不得，使不得！所说的造化是什么？他头一扭，对自己说：应当是犯难不畏于死，所欲有甚于生。

为什么？

男子汉应当有担当。

想到这里，他亲着儿子的额头问：伢子，你做得到？

生崽、养崽，只愁不养，不愁不长。伢子长到两岁，仍睡摇窝。刚学走路先扶床，刚学讲话先喊娘，头陀两夫妻成天围着伢子转，喜听伢子喊爹喊娘。养的几只鹅有一尺多高，叫声嗓脆，不“喊爹”，不“喊娘”，喊“哥哥”（叫声嘎嘎）。伢子逗鹅，鹅伸长颈脖，啄他的屁股，伢子反手扭住鹅的长颈，同鹅一起摔在地上。头陀哈哈大笑，说：斗得过鸭，斗得过鹅，长大不会怕老婆。

女人说：你怕过我？

头陀说：我不怕你，是服你。你做事从不偏心。

女人一团子喜意。

袖箭这号江湖上的朋友守诚信，每月两次，仍打发人送喂虎的牛肉。这天，牛肉送来山上，头陀去了山下。

初冬，好不容易有个暖烘烘的太阳，女人将摇窝搬到坪里，伢子困，身上搭床摇窝被。女人走到山边，举起手中牛肉，朝山下吆喝寅白、寅黑，见一道黄、一道灰白，两道虎影跳踉而来，翻山梁，来到坪前。两只虎吃饱了转来转去不肯下山，先是在女人脚下撒娇，她要去拌鹅食，寅白腾步近摇篮，爪子搭在摇篮上。寅黑从另一边踱来，也在摇篮上搭一爪。伢子醒来，不晓得怕，伸出两只胖手，一手搭一爪，咧嘴笑。

那天头陀下山购置油盐、犯了酒瘾，就着杂货铺子的柜台喝几盅。就听人说起北京中国军队同日本军队开打，长沙城里在闹抗日。心想，山中方数日，世上几千年。怎么回事呢？城里闹抗日，我坐在山上享老太爷福，讲不过去。当年老子骑白马，随王隆中的队伍出兵援鄂呀，如今却是心如止水，钢火全销。看来还得去长沙。为什么？屋塌众人扶。

等到他上山，看到摇篮两边一边蹲一只虎，惊得跺脚。他一个箭步上前，抱起伢子，就吼。两只虎被吼声惊起，弓起身子，耷拉着虎尾，挪步下山，跳下山坎时，还回头看摇篮。

头陀骂女人：你糊涂！引虎上山。

女人受委屈，说：虎是你从城里运过来的，平日当作儿子养，人无害虎念，虎无伤人心。

头陀说：万一，万一虎爪子在伢子脸上划几道，你会后悔一世。

女人头一遭被头陀吼骂，咽咽哭开。头陀抱着伢子失去了主意，不过，想到长沙城里闹抗日，更下定决心。他对女人说：不在山上住了！

头陀当即怒气冲冲下山，雇轿子，去请顺生打土车子，运行李。

回山上，捆绑行装，行李不多，只那百多锭虎啸墨有些重量。女人边哄伢子睡觉，边擦眼泪。头陀仍在生闷气，浊声浊气说：哭什么，有什么舍不得的。

女人说：舍不得寅白、寅黑。

头陀无语。

有人叫门。竟是亭眼镜，提盏半明不亮的纸糊灯笼。头陀夫妻好意外。

头陀问：月黑风高，山下的虎没有吓到你？

亭眼镜说：没遇到。遇到也无妨，你调教的虎性善，不会咬熟人。

过一阵，又说：听说你要迁长沙城？城里去不得，去不得！

头陀问：为何？

亭眼镜说：开战了，你不晓得？北京城七月七日开战，日本人势头猛。

头陀说：猛又如何？先手猛的不如后手狠的。

亭眼镜说：日本人是又猛又狠。

头陀说：那又如何？没听说过齐鲁长勺之战、秦晋淝水之战？

亭眼镜说：不同你讲古，如今打仗是打钢铁，打兵器，打坚船利炮。

头陀说：那又如何？置之死地而后生，懂不？

亭眼镜说：莫讲歪把子道理。讲给你听，我在日本留过学，晓得两国实力上是黄瓜打锣，一截不对。你听我讲。钢铁产量，日本人是我们的一百多倍。打仗要烧汽油，油的产量日本人又是我们的一百多倍。

头陀说：老子不烧汽油烧桐油。长沙城里的汽车烧木炭，一样开得动。

亭眼镜说：你呀你。眼皮一抹，眼前漆黑。讲到飞机，日本人有一两千架，中国顶多两百架；讲到军舰，我们的总排水量抵不得日本人的一艘军舰。

头陀说：老子有人！

亭眼镜说：是的，中国人多，兵多。只是一个日本兵练瞄准，打两三百发子弹；一个中国兵，实战用的子弹不足一二十发。如何比？

头陀说：照你的讲法，只能举手投降？

亭眼镜说：我只是说，豆腐不是挡刀的。能避则避，能躲即躲。城市是兵家必争之地，飞机丢炸弹，首先会朝城里丢，你又何必往炸弹坑里跳？

头陀说：晓得你东洋寿司吃得多，总是为日本人的“娘屋里”说话。我只认一条，士可杀，不可辱。老子打不赢，咬也要咬他一块肉。

亭眼镜说：退一步讲，如今城里闹成一团，难民多，伤兵多，你去了能做什么？哪个买你的字？

头陀说：凭我一技之长，饿不死人，总能做些事。

亭眼镜说：说不服你，也说不过你。日本人真是打过来了，顾及全家，你还是搬回银坊住。

头陀说：承你关照。我也说一句，你识得日本话的片名、假名，但切莫为日本人做事。

亭眼镜说：我是读书人，你放心，话撂在这儿，我做不成公孙杵臼，至少要做个程婴。

那就好，那就好。

亭眼镜打起灯笼下山。

女人说：亭眼镜讲得有道理，何必往炸弹坑里跳？当真要分隔伢子同寅白、寅黑？

头陀说：伢子要紧不？

要紧。

寅白、寅黑要紧不?

同样要紧。

长沙那样多人，如今添了断骨失血的伤兵、多了失去爹娘的伢妹子，这些人要紧不?

女人不语。他继续讲：我以写一笔字为天命，人畜在山上，写出字来给天看?给地看?还是给树上的雀子看?给草丛里的蚱蜢看?墨，我已经有了，正要凭一笔字立功立业，不能再守山上。

女人点头。

一早，两乘轿子，一辆土车子，头陀一家三口赶长沙。女人从轿子里伸出脑壳看到，寅白、寅黑跟着轿子追出一截路。

断黑赶到长沙，要长住，不想麻烦旧亲戚，找到袖箭，那晚住到他家。袖箭娘子团团脸，俊俏，好热心，抱起俊伢子。伢子认生，哭，袖箭娘子说：不哭，姐姐陪你玩。

袖箭的女儿小娜抱个洋娃娃走到伢子身边，说：弟弟，我有洋娃娃，会叫。

小娜手中的洋娃娃一捏就叫，俊伢子怯生生看着，止哭。

点灯，吃饭，两家人说话。

头陀说：添麻烦。你家嫂子将两只虎看得同儿子一样，一头是亲生儿子，一头是虎，总要舍弃一头。再说，文化文化，我以字化人，手上功夫总要在人多的地方施展，所以进城。

袖箭说：搬进城来也好。我们兄弟可以早晚相见。正好亲戚在白果园有套空房，明天就可以去那边入住。只是“七七事变”之后，北方迁到长沙的人不少，街上人多，其他没什么响动。

头陀急于打听“七七事变”。袖箭说出日本人在卢沟桥发动攻击，十九路军冯治安师的吉星文团就抵抗：你晓得的，日本人早有图谋，中国人不能让刀架在颈脖上。

痛骂倭寇之后，袖箭说：大难临头，只能硬顶。

头陀问起袖箭最近如何，告诉他，为抗战起见，何键省长指示国术俱乐部普及民众国术，以备将来杀敌：长沙城要成立十五个区组训练场，每组派教官，我被抽调做教官，每天去训练民众。

头陀说：那好，那好。教什么？

袖箭说：拳法，刀法，今后由军事教官教拼刺刀。

头陀说：可惜我不能效力。

袖箭说：如今街上的难民多，伤兵多，要安置。政府哪有大把银子出，在发动义卖，什么都可以拿出来卖。你的一笔字值钱，今后有这样的活动，邀你去。

头陀点头。

袖箭说：再有，城里避难来的文化人多，有穿西装的，也有穿长衫的，好多人在玉泉山、南阳街看书，买书，莫不如在玉泉山摆个字画摊，总有识货的人。你若是当场作字，肯定买的人更多，好歹也赚点银子过日子。

头陀说：你想得周到。

过两天，头陀在白果园的家安下来，跟着去玉泉山租门面，摆字画摊。

隔一天，袖箭娘子带女儿到白果园，让小娜同俊伢子玩，她自己给葵嫂子示范和煤和生煤火。和煤时先要拣出散煤中的煤矸石，加适量的黄泥，和出煤泥，封火时用。生煤火时，先将劈柴劈出柴火签子，点燃后加点硬柴，柴上放煤块，煤块烧红后，再添。煤泥封火时要留有一些缝隙，余火能将煤泥烤成干煤块。葵嫂子说：乡下烧柴火，到了城里，什么也不会，亏得你教我。

袖箭娘子说：好姐姐，到了乡下我也是什么都不会。

三伏天热得出奇，闷，沤，搂一把热空气，拧得出水。傍晚，袖箭陪头陀去天心阁贪凉。上城楼，经城门洞，哪处也没有凉意。太阳落山后，起点风，游人多起来。虽是前方战事吃紧，后方却无大碍。城墙上甚至见到头抹司丹康的年轻男子，从身边经过散发香氛。头陀掩鼻，想，这男人只怕有狐狸骚。又见三三两两的烫发女人，衣服薄如蝉翼，衣衫短到齐肩，露出雪白的胳膊。头陀又想，不是洗菜、缫丝，怎么这样“短打”？怪不得古人诗句中有“将士军前”“美人帐下”。袖箭说：这里多的是鸳鸯蝴蝶，感受不到风凉水冷，不如去民众俱乐部喝茶。

就去俱乐部。有藤椅，有蒙上白布的小方桌，叫两杯茶，一碟瓜子，这个晚上就这样打发。

一早凉爽，头陀信步，从东茅街，走定王台、浏正街，绕个圈去玉泉山。市井依然嘈杂。街边，小摊小档，油锅铁灶，长筷子拨动锅中的糖油粑粑、葱油粑粑，油雾升腾，出锅的白糖饺子在糖粉中打滚；青菜担子上多了茭瓜、少了丝瓜。住家户仍然是门前摆脚盆洗衣裳；沿途的水井前仍响起女人们的一片叽呱。

路上有一队和尚，布衲麻鞋，灰绑腿，简单的行囊，脚步匆匆，脸上没有参禅入定的笃定，却有心气昂扬的亢奋。问起，众僧来长沙集会，向政府请缨杀敌。又见到话剧《卢沟桥风云》的海报四处张贴，演出地点是大四方塘的青年会。听到有人说，银宫电影院有人做精彩演讲，说到动人之处群情激奋；又听说火烘殿也有人演说。头陀感觉到，有股浪潮在涌动，看似不喧哗，已经波及世道人心。

来到玉泉山，搬梯子，找帮手钉好“敌忾坊”的坊号，陈列些墨作。

街市渐渐热闹，字画店前仍冷清。他起身，店面交给帮手，想去附近书店看看。找半天，在又一村街口子上找到一家，门面不过五六尺宽，门玻璃蒙尘，店里摆几本《人世间》《青鹤》和《良友》画报。打折书有《燕山外史》《雪鸿泪史》，堆在宝笼中。往前走，有一家“金城”书店，陈列的书籍有点新意，店中见到几个学生嘤嘤叽叽，有的说发现了一本《读书生活》，有的说买到了《东方杂志》和《新中华》。

走到老照壁，有发现，有人摆出几方治印的石头。头陀识货，其中有田黄石、鸡血石和楚石，都是治印的名石。问起，田黄石的价钱高些。问，全买下，要多少钱。答，家中有事，等着钱用，先生随便给。头陀从“敌忾坊”出来走得急，没有带太多钱。只得作罢。

又朝四方塘的方向走，找到家“新星”书店，没有能入目的好书，只有《啼笑因缘》《资平小说集》《爱与血》和《灵凤集》。再看，多是些花花绿绿的封面。头陀原想找石印的字帖和线装书，没有。听到有人发愤愤声：什么文化之城，像样的书一本也找不到。

说话的是位穿西装的中年人，西北口音。他身旁是一位穿长衫的人。头陀感觉这两位是文化人。

他回到玉泉山，坐店中喝茶。

下午，来两位客，就是上午在书店见到的两位，仰起脑壳观看招牌，看陈列的字画。穿西装的说：怪呢，店名“敌忾坊”，有些意思；这字也拙得出奇。

穿长衫的说：好呀！这幅字“修我戈矛，与子同仇”，正应合当今局势，是《秦风·无衣》中的句子，难得。资历浅些的书法人，喜欢将唐诗句子顺手拈来，将就成幅，装裱上墙，少有如《诗经》一样的古雅诗句。这一幅，买下可以送到抗敌后援会胡子靖先生。

头陀迎上前。长衫客将他上下打量一番，问：是先生的翰墨。

头陀说：是的，有碍大家之眼。

西装客说：字拙，大气象。确是您写的？

头陀说：可以现场涂鸦。买不买都不要紧的。

长衫客说：也好，也好。让我们开开眼界。

就铺纸，六尺宣。头陀问：字是挂在自己家里的墙上，还是送人？

西装客说：送人！这人的身份是一省之长。

头陀说：是不是何芸樵，何省长？

两人点头。

头陀有了主意，挥笔，笔下有铮岩凿石、斩钉截铁的运作，纸上四行，十六个大字：

> 文不得恬，武不得嬉；
> 三湘有幸，国运长远。

那两人拊掌大笑，连称佩服。长衫客说：何芸樵见到这幅字，不晓得作何表情。

西装客说：又没有戳着他的痛处，甚至是夸他有政绩。

长衫客说：只希望他对临时大学开恩，圣经学院那片地方能让我们安住。

西装客说：或许。

先前《秦风·无衣》的那幅，连同这一幅，都要下，当即问润格多少。

头陀遇上这样能欣赏自己的主顾，自有说法：《秦风·无衣》，是古人的歌谣，润格要送给古人，找不到人，那幅免收。这一幅是我的命意，遇上你们两位知音，钱，随便给。

这两个人思索一阵，说：先生的立意，先生的书法，都是无价之宝；我们从北方到长沙办学，也难，手头不宽绰，只出得起友情价，就是一百银圆，如何？

头陀在两幅字的左下端落款后盖上阴、阳两方闲章，阴文章在上，阳文章在下。阴文的镌“指心是佛”，阳文的镌“不叩不诵”。再提润格，只肯折半收，两人死活不肯，最后让头陀收下六十元。头陀过意不去，取出两锭虎啸墨，说：这种墨是我用老树的烟炱调制出的，家作货，望二位不嫌弃。

两位嗅着墨香，连声叫好。

头陀揣着六十块银钱，急忙赶到老照壁。石仍在，只是最好的鸡血石被人十块银钱买走。头陀用三十块银钱买下全部石头。回白果园。路上买点哄嘴巴的好点心，让俊伢子、葵嫂子开心。到家后，说起自己一天作为，眉飞色舞。看着葵嫂子，她却绷着脸，正想问出个为什么，袖箭来了。

袖箭告诉他，明天在民众部有义卖会，卖得的钱慰劳前线下来的伤兵，请他去当场挥毫。头陀说：那好，那好。

就说出“敌忾坊”做成的第一笔生意。袖箭说：早晓得你的字羞得死赵子昂。只是明天的义卖会上，每一笔收入都要归抗敌后援会，用来慰问伤兵。

头陀说：我懂。一定尽心尽力。

见到葵嫂子眉头不展，袖箭问为何。女人说：住在银坊，有事做，除了带人，还可以扒柴、喂鹅，可以邀寅白、寅黑上山做伴；到了城里，柴不用扒，烧煤火，有煤灶；一早要将柴火劈成香签棍子生火，除了煮饭、搞菜，就只能搬张烤火椅子守在门前，看黄包车子门前过，听小菜担子吆喝买卖。你们有事做，我守在家里，找不到人讲话，嘴巴闭臭。

说罢，滚出眼泪水。确实如此，头陀出不得声。袖箭说：嫂子不安心？有主意。我搞票，让我堂客陪嫂子去青年会看戏，演《卢沟桥风云》，虽不是梅兰芳、盖叫天一类名角上台，但演戏的动真情，打动人心。

明天有义卖，头陀想起件重要事情。他打开包袱，细看几方石头，爱不释手。拣中两方楚石，找出工具，当即治印。以前学过治印，如今是“驼子作揖，起手不难”，只是这两方闲章以什么命意为好？精思附会，有了底。一方镌“羿之裔”——后羿射日，羿的后代子弹射向日本鬼子；

一方镌“挽雕弓却向东北望”，意思取自苏东坡《江城子·密州出猎》中“会挽雕弓如满月，西北望，射天狼”，但那日本四岛在国之东北，“西北望”改为“东北望”。

两方印治好，满心欢喜。

第二天头陀到了民众俱乐部，特意带上十几锭虎啸墨。会场人头攒动。摆出钟表、打火机作义卖的有，摆出字画作品的也有。小学生摆出文具，布匹商摆出绫罗绸缎。虎啸墨摆上义卖台，不时有人光顾，嗅着墨香，以三块大洋一锭，售出几块。有人说：三块大洋抵得上半担米。

也有人说：闻着这墨的香气，就晓得这是奇货。

方桌上铺开毡子，一边摆放文房四宝。头陀磨墨，墨香如烹龙涎、调凤髓；又如李时珍从药篮子中拣几味香草，送人品鉴；或者是孙思邈揭开药镬，播出奇香。一群人涌过来，有人认出人群中有“李文玉”“同丰”和“余太华”三家金器店的老板和工友，这些人要用一万元买头陀的一幅字，让当场挥毫。有人说：哪里是买字，分明是捐钱。

又有人说：捐出的钱也要“买”进合适的东西。一定是字好。

且看，看他的字如何，看写什么。

头陀略一凝神，运笔大开大合，写下：救国纾难，弦高遗风。

八个字壮健沉稳，笔势挥洒、点画回旋，显气度，露锋芒，众人叫好，有人问：弦高是什么意思？是琴弦？是唱高腔？

袖箭代为作答：弦高是两千多年前的一个生意人，国家有难的时候，他舍弃家产，解救自己的国家。

既然如此，众人冲着金店的老板和工友拱手，也冲着头陀鼓掌。

头陀题款后盖上“羿之裔”的闲章。

一上午，又为人写了“涓流汇聚，以克顽礁”和“民气涨溢，潮淹蕞尔”等条幅，头陀轮番盖上两方闲章，只觉得自己如个苏东坡，“酒醋胸胆尚开张”。

过两天，袖箭娘子邀葵嫂子去看戏。袖箭娘子穿格子旗袍，好摩登，同葵嫂子一起走，葵嫂子成了“刘姥姥”。葵嫂子抚着她的旗袍问：什么面料的？

袖箭娘子说：印度绸的。过几天，我带一段面料给你，你也做一身。

葵嫂说：我是乡下人，穿旗袍不好看。

袖箭娘子说：旗袍穿上身，乡里人变城里人。

两人有说有笑。进戏院前袖箭娘子买两串削好的荸荠，哄伢伢子的嘴巴。那一场《卢沟桥风云》哪里是戏，是赚眼泪水，赚口号声的。葵嫂子以前在乡下看过戏，只听到锣噪鼓吼，只看到人穿来唱去，翻跟斗，这一次，听得懂也看得懂，戏台上演出的就像发生在屋门口，惨哪，就跟着哭，哭起来收不得呵。伢伢子摇着她的肩膀说：妈妈，莫哭！

袖箭娘子也劝：做戏，戏是做出来的。莫伤心。

葵嫂子哪里止得住哭声。直到后来台上一群人打跑日本兵，这才跟着喊口号，才算是心里踏实些。出戏园子，就问袖箭娘子：你说这是不是真的？

袖箭娘子说：戏是做出来的，但是日本兵一来，北方的老百姓受好多罪，逃难到长沙城的不少。都是让他们害的。

女人问：如何赶走日本兵？

袖箭娘子说：要靠众人出力。

如何出力？

袖箭娘子说：有个抗敌后援会，在召集妇女为前方打仗的士兵做军鞋，做布袜子，要十万套呢。

女人说：衲鞋底，做鞋子，我会。我也做。

袖箭娘子说：当然好。

头陀回家，见女人眼睛红肿，却是话多，问起为什么日本兵那样穷凶极恶。头陀告诉她，日本的财阀心思不正，得了一十想一千，欺我中国人一盘散沙，想来中国发横财，于是下毒手。女人说：那要如何办？

头陀说：中国人要拿出点血性，不能听人鱼之肉之。

女人记住，又对头陀说：明天出门，给我扯几尺青布。

头陀这天喜滋滋回到家，告诉女人：好事情，中国军队，八路军，在河北平型关打了大胜仗，消灭日本鬼子一千多。

女人高兴。问起，青布是不是买到。他拿出一段布。

女人说，你站住，莫动。头陀莫名其妙。女人飞快地找出张纸，垫在头陀脚下，比照画出样子。头陀问：搞什么名堂？

女人说：给前方将士做鞋，求个尺码。

他说：脚有大有小，都依我的脚求尺码？

女人说：我虽说一双大脚，但毕竟是女人脚。你是男人脚，依你的不会错。

从此女人有事情做，糊衬壳子布，衲鞋底，做鞋面子，用麻线将鞋子钉得结实。做好了几双，针脚还匀，约袖箭娘子一起将青布面子的军鞋送到抗敌后援会。

开办在韭菜园圣经学院的长沙临时大学开学。有几位教授，还有一两个有钱的学生慕名来“敌忾坊”，买走几幅字和几锭虎啸墨。半卖半送。问起，是他们校董会头头的推荐。头陀猜想，那天的西装客和长衫客，只怕就是临时大学为头的。

有钱赚，他应当开心，但是那天又是一肚子郁闷。

那天，袖箭约他去北门外丝茅冲，去看个朋友。袖箭问：朱家花园，听说过？

晓得。巨富朱昌琳的私人花园，朱昌琳称得上长沙第一义商。

袖箭说：是呢，灵官渡的湘裕炼锑厂、暮云市的阜湘红砖公司，都是他的产业。最好做善事。

晓得，好人好报，他活到九十岁。

袖箭说：最了不起的是凿出了连接湘江、浏阳河和碧浪湖的新河。新河算得上长沙城的护城河。

是啊。护城河。

到了丝茅冲，袖箭的朋友禹技师，一位矮矮沓沓的红脸汉子，已经在门口等候。进门，一尺多厚的围墙内，遍植大樟树，种几畦玫瑰花，生些美人蕉，已是初冬，花都枯萎。花园深处有葡萄架，有石桌石凳。三人坐下，勤务兵送来茶水。袖箭介绍，禹夫子本在河南巩县兵工厂当技师，这次兵工厂南迁到长沙。在朱家花园落户，他一同来。

就说起湖南省长换成了张治中。再说起巩县兵工厂。袖箭说：规模不小呢，中国四大兵工厂之一。

禹技师人实在，说：名声在外，生产规模、产量同外国人比不得，人家是办大酒席场面，我们是细伢子“过家家”。

头陀问起出产哪些兵器，禹技师告诉他，生产“中正式”步枪和手榴弹。

头陀问：飞机呢？坦克车呢？

禹技师说：造不出。像朱家花园这样大的场地，如何摆得下飞机壳子？生产用的钢材、铜材都要从外国进口，连造子弹的火药也要靠德国和美国。就是这样小眉小眼的兵工厂，还被日本飞机追着炸，所以从河南迁到湖南。

袖箭说：中国生产不出钢铁？产不出铜？产什么？

禹技师说：做枪托的木材倒可以解决。其他，莫问。

袖箭愤愤地说：如果是内画鼻烟壶、九层象牙球，中国人有牛皮吹。兵器这样落后，如何同日本拼？

头陀想起临下山时，亭眼镜说到中国同日本工业生产上的差距，心上浮起一层悲云。想到幸亏朱昌琳开出条新河，金城添了道汤池。

头陀成天忧愁忧思，“位卑未敢忘忧国”。猛然想起之后一句应该是“事定犹须待阖棺”。同日本比拼，胜负现在阖棺论定？就不会有转机？这样一想，心情轻松些。那天信步走到火烘殿，跨门槛，在一个小摊位坐下，见到对面小桌子前坐个白胡子老倌，莫说胡须，就是眉毛也是白的，个子不高，一身军装，人精神。陪他说话的是看庙的老人。说起火烘殿的小吃，摊主推荐姊妹团子，油炸馓子。老人说：点心一定可口，我那五美乡下，好点心要算谷芽子粑粑，夏至砣子，还有红薯片子。

这一说，头陀忆起乡间美味。

小摊位已经嗡进不少人，都同白胡子老倌打招呼，叫他徐老。头陀想起，这是八路军驻湘办事处的代表徐特立，徐老。

一边有人说：衣着好简朴。

又有人问：徐老，听说那天省主席张文白在您面前下不了台？

老人说：误会，误会。本是张主席约谈我，走到省政府，门前卫兵看我一身衣装，以为我是伙夫，说省主席要约见八路军代表，闲人免进。我说我就是。他不相信，轰走我。

有人说：您老这身太寒碜，至少要穿身哔叽军装。

徐老说：我哪里有？八路军，哪怕是毛主席也是一身灰布军装。

有人继续问：后来呢？张文白如何下台阶？

徐老说：后来又打发人去八路军办事处请我。

众人一阵欢笑，定要徐老作演讲。徐老问众人的生意如何，生活如何，税款重不重，抽不抽壮丁。听罢，他抖动两撇白胡子，开讲。讲抗日，讲国计，讲民生，讲耨草，讲刨芋头，讲装壕[1]捉鱼……日本侵略者就像稗草，像埋得深的芋头，像贪食的鱼入了深壕脱不得身。

好呀！响一片掌声。徐老不嫌累，一讲就是两三个钟头。听众中除了一般市民，也有西装笔挺的“高等华人”，想挤上前，就有人喊：挤什么？话是讲给我们听的。

有人发批评：话是讲给所有中国人听的。只是莫挤。

此一时，众人受到鼓舞，仿佛从耨草、刨芋头和捉鱼中得到后发制人的秘诀，头陀也一扫心头愁云。

众人定要留徐老吃饭，简单，一碟炒鸡蛋、一碟炒白菜，一碗豆腐汤，三堆碗饭。看到徐老推辞再三后端碗，见他饭量可以，晓得他身体健康，众人由衷得高兴。

跟着过年，同袖箭相聚，就说起徐老在火烘殿的演讲。

① 装壕：用竹编的笼放在流水处捕鱼。

袖箭说：他在银宫电影院还讲过几场呢，受欢迎。

头陀想，一个白胡子抖抖的老倌，对打败日本人都有信心，我心虚什么？愁个什么？未必敌人三头六臂、铜头铁额？乡间有一句话——恶人只管恶，生出九只角，我腾出一双手，拧下你八只角。

为什么要留一只角？让它变条犀牛，留有一角破土耕田。

年后，街上报纸多起来，有《国民日报》《大公报》《力报》和《抗战日报》。卖得好的是《抗战日报》。汉口出版的《新华日报》销路也不错，大家争看报上陆记者的文章《彭德怀谈华北前线群众游击战况》。再有，国民政府内政部长何键为《新华日报》发刊题词“唤起民众，共赴国难。指路之灯，光复之卷”。

头陀说：怪事，何键以前同共产党水火不容，如今变得这样温和。

袖箭说：这，你就不知道了，其实，长沙有四派势力。

问：哪四派？

袖箭说：有张治中的复兴社派、陈立夫的CC派、湖南原来的老帮子何键一派，再有中国共产党的力量。从前，何键同共产党结怨深，现在他不再主政湖南，调去做内政部长，并不是什么要职，失势后，他自然想同共产党改善关系。

头陀这才明白，同一个抗日阵线也有派别之分。

年过完，街市依然热闹，长沙临时大学要迁昆明。听教授们说，兵分三路。一路经越南到广西海防，再坐火车到昆明；一路从长沙坐汽车到桂林，经柳州到南宁，再南下镇南关，经河内，坐火车到昆明；吃得苦的老师和学生从长沙走到湘西，再到贵州，再走到昆明。三路迁移人员，一路上不晓得要吃多少苦。葵嫂子不禁问，迁去做什么？

办学校，让学生读书救国。

听到走那样远的路，葵嫂子说：造孽，不晓得要磨烂几多双鞋子，为什么要迁？

头陀说：留在长沙，日本人的飞机追着炸，撤到大后方，安全些。

城里还是那样，好多人今朝有酒今朝醉，锅里有煮，不顾梁上落老鼠。有几个钱的，都好上馆子。这天，袖箭又邀头陀去馆子吃饭。头陀说：给个理由。

袖箭说：新开一家馆子福兴园，专吃鸭，价钱比徐长兴便宜。同样是一鸭五吃。

问：哪五吃？

袖箭说：裹薄饼，这种吃法天经地义。然后鸭油蒸蛋，鸭肠子炒酱辣椒，鸭肉烧白菜，鸭架子煮豆腐汤。

头陀说：吃出一身鸭屎臭。

袖箭说：不吃鸭，吃鸡，如何？

头陀说：就不怕一身鸡屎臭？

这边讲吃，那边日本飞机炸新河，飞机飞得低，翅膀上的红色太阳膏药都看得到。长沙人徒叹奈何。

新河挨炸之后两天，袖箭与禹技师同来找头陀，说：同去吃田鸡。火后街有家醒园，专门烹制田鸡，或麻辣，或黄焖。四角八一盘，光吃田鸡腿，就要七角六。

头陀嫌贵，说：七角六，买得一二十斤青叶子菜。

袖箭说：花这些小钱，吃不穷人。

头陀说：何必定要吃田鸡？给个理由。

袖箭说：你不看报？苏联派来两百多架飞机，十二分钟打下十二架敌机，是不是值得庆祝？

头陀说：那是，那是。就当田鸡是敌机，麻辣它，黄焖它。

三个人吃双份田鸡腿。边吃，边讲起中国目前还造不出飞机，气滤。禹技师讲：日本人一个月造一百五十多架飞机，中国造不出，要向外国买。都不卖。

为何？

禹技师说：列强怕得罪日本。

头陀肚里盘算，日本一个月造一百五十多架飞机，一年就是1800架。中国一架也造不出，凄惶。

都说：还是苏联人仗义。

禹技师又说起，设在朱家花园的兵工厂要迁去安化。

为何？

还不是被日本飞机追着炸？不迁，老底子都会赔光。

更是凄惶。

不久，禹技师的厂要迁，袖箭又找到头陀，说：今天有两个理由大吃一顿。一是为禹老兄饯行，二是台儿庄大捷，歼敌一万多人哪！

头陀说：好！去大馆子，你选定一家。

袖箭说：育婴街的潇湘酒家。

头陀说：好的。我请客！庆祝中国军队打胜仗！也贺禹兄荣迁。

两家人加上禹技师，凑成一圆桌。前些日子，袖箭娘子找到葵嫂子，同去裁缝铺量尺寸，给葵嫂子定做一身旗袍，这次让她穿旗袍赴宴，众人都说好看，换了一个人。小娜跟着袖箭娘子一起来了，葵嫂子见到妹子，一把搂怀中，说像是美玉琢出来的，叫你玉女如何？

袖箭娘子说：那样，你的儿子就是金童。

金童玉女，两个女人笑咯咯。

问有什么好菜式，跑堂的介绍：新菜式，轰炸东京。

好！好！好！意头就好，就上这味。

菜端上桌，一个大盘子，摆白锅巴。由厨房师傅拿出一瓢滚烫的红烧墨鱼汁淋在锅巴上，锅巴发出喳喳的爆响，如飞机扔炸弹的噪声。众人趁热吃，都说这一味意头好。头陀一高兴，哈哈：再上一盘！

食过，仍是怅怅：什么时候能抵挡日本人一年的1800架？

轮番同禹技师碰杯。头陀已经有八九成醉，说：干了这一杯。禹夫子，你们什么时候造得出飞机？

禹技师实说：依目前的设备，造飞机要等到猴子元年。

猴子元年？头陀眼睛喝红了，负气地说：你们是吃干饭的，干了这么多年，只生产得几条“中正式”，给老子造飞机，造飞机！

禹技师说：空口打哇哇。造飞机要有钱，哪来的进账？

头陀说：要钱，我们捐！定要造出中国的飞机。莫让我们像老鼠一样钻地洞。造出来，上天，打下日本人的飞机！……请吃田鸡，大盘、麻辣、黄焖……

禹技师多喝几杯，脸更红，说：造兵器，我们已经尽力。

头陀有醉意，讲话嘴没有把门的，说：尽力？你们只会躲，只会逃。从河南巩县躲到长沙，又要躲到安化，好没面子，丢人，失格……

禹技师又羞又气，要拔拳头。袖箭赶忙打圆场。头陀要动手，被葵嫂子拉住。好歹算是散席，禹技师朝众人拱手，说：要赶明天的车。造兵器，我会尽力。

说罢，禹技师的眼眶子湿了。

头陀刚出酒店门口，身体往地下瘫，呕得喷流泻瀑。葵嫂子背起俊伢子，还要一手架着他回家。

第二天，头陀酒醒。想到昨晚的事，骂自己酒后失言。记起，禹技师这天出发。要为他送行，雇辆黄包车赶往朱家花园。车夫不紧不慢，头陀光火，喝道：快些，莫误我的事，多给你几个钱。

车夫跑几步，突然响警报，空袭。车夫将车子往路边停下，说：走不得了，保命要紧。

跟着车夫钻进临时掩蔽所，只是路边的一处窝棚，棚顶上压了几尺高的沙包，又窄又挤，还有尿臊味。顾不得了，只听到飞机低飞的轰轰声，跟着听到炸弹落地的爆响。敌机盘旋一周，再次投弹，又是震裂耳膜的爆炸声。等到敌机飞走，头陀钻出窝棚，只听到人们在喊：炸死人了！

跟着看到老火车站前面扑倒数人，有辆汽车，车头炸成了一堆废铁。有人认出是巩县兵工厂的车，头陀急忙上前，他震撼，怀疑自己的眼睛。分明看到禹技师倒在地上，身下一摊血，禹技师身体的一边已被炸飞。他扶起禹技师的身体，呼叫，哪有回应的声息。头陀捶着自己的头，说：禹大哥，我错怪你了，我对不起你！

那个下午，天色灰暗。

回到家中，头陀半痴半呆，对女人说：家中还有多少银钱？

女人说：还有几十块吧。

头陀说：捐了！全部捐了，捐钱买飞机。

女人揣着几十块钱，约好袖箭娘子，同去抗敌后援会，她捐出几十块银钱。之后，葵嫂子拔下手上金镯子，一并捐出。袖箭娘子也摘下耳环。抗敌后援会的工作人员敬佩她们，说：捐这样多的钱物，差不多比得上前省长唐生智眷属的捐赠。

回家，说起捐献。头陀说：好！

女人说：有件事，没有先问你。我连手上那对金镯子也捐了。莫骂我。

头陀说：骂你？禹技师连命都捐了，我们捐出的不是命。

俊伢子一天比一天大，一天比一天懂事，听到爹娘说起捐啊捐的，仰脑壳问：娘为么子要把金镯子送人？

头陀说：不是送，是捐？

捐来做什么？

头陀抱起他说：造飞机、大炮。

造来做什么？

告诉他：有个日本强盗，跑到我们家里来，杀人放火。我们有飞机、大炮，就能打垮他。

那天带俊伢子到司门口，见到有卖玩具的铺子，给他买支竹制的机关枪，俊伢子抱起它，好喜欢，回家对着娘“开枪”。过几天，袖箭来访，伢子玩得满头汗，跨进门，冲着袖箭又开“机关枪”。头陀扯过俊伢子，告诉他：枪不能对准自家人，要打日本强盗。

女人骂崽：不学好，只晓得外面野，玩打仗。

袖箭说：好呀！这是国防教育。

抱过伢子，给他吃玻璃纸包的糖粒子。

伢子进城有些日子，同左邻右舍的细伢子熟了，玩伴一多，就“打仗”。俊伢子“武器”先进，端起“机关枪”，喊，飞机大炮，打垮日本强盗！摇得“机关枪”嘎哒响。

六月间，日本军侵占了安庆，武汉会战开始。

长沙三天两头挨日本飞机的炸弹。如今众人听到响警报不抢着挤防空洞，脚步悠闲，有的甚至抬头看天，盼中国飞机迎战。有的摘下草帽扇风，一边讲：还是汉口人过瘾，看到 20 多架日本飞机屁股冒黑烟，被苏联人打下。

有青年学生讲：苏联来中国的飞机是伊 –15、伊 –16，性能好。

形势越来越紧张，头陀同袖箭有时讨论战事。袖箭说：听说日本军队分三路包围武汉。其中一路沿着南浔铁路两侧向武汉实施包围。

头陀问：南浔铁路？不懂。

袖箭告诉他，就是九江到南昌的铁路。说：中国方面，迎战的是薛岳，老虎仔。

为什么叫老虎仔？

袖箭说：外号，说他打仗勇敢。这次日军侵华头目冈村宁次也有外号，叫三羽乌。这次派来日军一〇六师团，来势凶猛。

战事结果会如何？

袖箭说：讲不清楚。不过，这次中国方面下定了决心。

又过了个多月，俊伢子拉痢疾，拉得人黄皮寡瘦。城里找不到好医好药，问起，一些好医生去了前线，救伤员；好药，中药治缓不治急，西药进不来。女人急得抱着伢子哭。头陀对女人说：哭有什么用，这年头，比命大。伢子命硬，应该挺得过。

女人讲：总不能拖。袖箭娘子说南岳的菩萨灵，何不去拜菩萨？烧几炷高香，让菩萨保佑。

去就去。虽说兵荒马乱，头陀独自一人，上南岳烧香：一祷俊伢子早些好，二愿全家大小平安，特别祈祷中国军队打胜仗。

南岳回来，让俊伢子服些草药，竟然止泻。头陀说：南岳菩萨还有点灵气。

女人说：那是你心诚。从此后少吃荤，莫杀生，运道会更好。

头陀冷冷地说：办不到。

不过，从南岳回来，他变得神怪兮兮，每天起床不忙穿鞋袜，先将两只鞋子朝天扔去，落下地，如果一正一反，叫一声“圣卦”，满心欢喜；见到两只鞋面朝上，不言语；若是两只鞋面都朝下，骂一声“晦气”。俊伢子学样，每天起床先扔鞋子。扔过，“圣卦”“阴卦”“阳卦”地乱喊一气。头陀问他：你懂什么“圣卦”“阴卦”和“阳卦”？

伢子摇头。头陀告诉他：鞋面一只向上，一只向下，是“圣卦”，是一定能打垮日本强盗；两只鞋面都朝上，是阳卦，打它要费力。

伢子问：两只都朝下呢？

头陀说：哪有那么多问的。

往后，一早起身，父子俩同时往天上扔鞋子。女人说：古怪。

十月初，街上锣鼓喧天，放鞭炮。女人说：不晓得哪家后生子讨堂客。

头陀说：躲飞机都来不及，讨什么堂客？

葵嫂子说：俊伢子长大，就是响枪轰炮，我也要给他讨堂客。

头陀说：你唯愿兵荒马乱到俊伢子讨堂客的时候？

围绕讨堂客，两公婆争来吵去。头陀干脆出门。

出门就看到庆祝胜利的游行队伍，队伍中学生多，打出标语牌，有“我愈战愈强，敌愈战愈弱”“人人敌忾，步步设防，坚强壁垒，制敌死命”，还有“革命军人，国家干城，前仆后继，抵抗敌军”。正在心气昂扬时，一个两条腿被截断的伤兵，提着破铁罐，爬到他跟前，让施舍几个。头陀立马掏出些毫子，不是扔，是一个一个轻轻放到铁罐中。伤兵满面痂垢，笑着点头，一口四川话。头陀想到，胜利就是靠这些人的血肉换来的，赶紧又搜出一块银圆，轻轻放入铁罐。

回家不久，袖箭握着报纸进屋，说：刚出来的《大公报》，快看，万家岭大捷，歼敌一万多。

头陀抢过报纸，细看，果然是大胜利，怪不得一早有游行队伍，欢喜得眉飞色舞。傻伢子说：一早我打出“圣卦”，爹是不是一样打“圣卦”？

头陀搂着傻伢子亲一口，说：当然。以后我们天天打“圣卦”，打败日本强盗。

袖箭说：何不上街看热闹？

头陀说：虽看过，可以再去，这样的热闹值得看。

重又上街，牵着傻伢子。除了看游行队伍，再看队伍在墙上刷的宣传画。其中有幅是一只长翅膀的老虎，追赶一只三个翅膀的癞头鸟。那鸟背脊上多长出个翅膀。画上有标语“老虎仔大败三羽鸟”。傻伢子指着鸟，说：多长出个翅膀做什么？

头陀说：那个翅膀揩屁屁。被打得屁滚尿流，不揩不行。

两父子笑。

# 焦土抗战

庆祝打胜仗，当晚，照例上馆子吃饭。袖箭一家三口，小娜穿同袖箭娘子一样的格子旗袍，娘俩像两枝花蕾，好生标致。邀来两个客，一个是位青年军官，手上还缠绷带，介绍，这是从万家岭战场上下来的七十四军钟营长。有故事听。还有一位，黑瘦，穿着邋遢，听说是《力报》的记者，姓言。也有故事听。

头陀说：最好，最好。今天我们吃鸡、吃鸭、吃鹅。广东人将鸡鸭鹅叫作“三鸟”，权当冈村宁次这个“三羽乌”是“三鸟”一类，吃掉它。

俊伢子同袖箭女儿不想上桌，就在地下玩到一起，俊伢子带来“机关枪”，两个细伢子你追我逐。

葵嫂子同袖箭娘子轮番给钟营长和言记者敬菜。钟营长就说起薛长官布下“反八字”的口袋阵，引诱敌人入口袋：日本兵来得凶哪，他们的一〇六师团敢冲敢杀。张古山是我军的防卫底线，若是失守，武汉危险……亏得军中各师各团的敢死队，夜晚，从后山的悬崖峭壁爬上山，逢人便砍。

袖箭问：夜晚？分得清敌我？不怕砍错？

钟营长说：不怕的。我们都是赤膊，逢着穿衣服的就砍，不会错。砍倒一片。

后来呢？

钟营长说：到了白天，日本有空军，空降两百多士官补充兵员，降落伞飘呀飘，刚落地人就被活捉，有的在空中就被打死……日本军队以为能速胜，出发时只带六天干粮，打到第十天，没有吃的，饿得嗷嗷叫，就将太阳旗铺在地上，盼空投吃的。我们找来白布，画上“红膏药”，结果，吃的都丢给了我们……

后来呢？

后来一〇六师团一万多人被我军包围。敌军失天时，失地利。

头陀问：失天时，失地利，如何说？

钟营长说：敌军困在树林茂密的山中找不到路。用的五万分之一的地图是1926年的，冈村宁次当时给孙传芳当参谋，地图是这老鬼偷来的，过时了。日本军队手中的指南针也用不上，万家岭一片有富铁矿，指南针失灵。

小鬼子天怒人怨哪！众人开怀大笑。

钟营长从口袋取出个牌牌给众人看，牌牌上印着“厄除御守护”几个字，说：这是日本兵的护身符，一块铁牌，如何护得身？

是啊，是啊。连葵嫂子、袖箭娘子都高兴，两位女宾喝得脸起绯红。袖箭娘子轻声发问：日本人在自己的国家好端端的何苦来中国送命？

言记者仰脑壳喝下一杯酒，喝得猛，酒水从嘴角淌出，说：有句话“八闳一宇”，听说过？

众人点头。袖箭说：日本人将这句话挂在嘴巴上喊。搞不清什么意思。

言记者掏钱包，取出张新发行的日本拾元钞票给众人轮着看。钞票上有座条石垒成的石塔，说：这就是日本刚发行的钞票，钞票上这座石塔就是“八闳一宇”石塔，建塔的条石来自中国、朝鲜和库页岛。基座却是用的日本石头。“八闳”指的是天下；“宇”，是屋顶。“八闳一宇”的意思是天下人都要在日本人的屋顶下讨生活。

袖箭说：蚂蚁子打哈欠——好大的口气。

言记者说：这要从北一辉说起，这是个学者，参加过辛亥革命，是宋教仁的好朋友。

头陀无意中说出：看来人不错。

言记者说：不错？错得一塌糊涂。日本人将世界划分为东方、西方，明治维新后日本人张狂，甲午海战打败中国，对马海战打败俄国，自认为是东方的霸主，但一直被西方列强小看。

钟营长说：西方列强和日本，都是弱肉强食。

言记者接着说：北一辉就说过，“没有我们的保护和领导，印度和中国的7亿兄弟绝不能取得独立”。他说的“保护和领导”就是要把你赶到他的军国主义的屋檐下。

头陀想，军国主义，北一辉是文化人，想的还是“武化”。

言记者说：北一辉还说过，“日本是一个领土狭小的国家，作为国家生存权的侵略主义就是日本的正义”。他的正义就是侵略。

袖箭说：鸡屎粒子大的国家，物产贫乏。搞军国主义，搞扩张，就是霸你的，抢你的。

言记者说：他被日本政府枪毙了。

头陀不禁问：为什么日本政府要枪毙他？

言记者说：有卖国贼，也有“爱国贼”，北一辉嫌日本政府搞的军国主义不彻底，在他的影响下，日本的少壮派军官发动了“二·二六”政变，失败了，当然会枪毙他。

原来如此。

头陀又想，好个北一辉，一己之见，一念之差，误尽苍生。就算人死了，却让这么多人为他陪葬。看来，为人处世，来不得半点虚的。

庆功，庆功。

那个晚上头陀家的门被敲开，进来两位很有派头的绅士，入门，拱手相求头陀。

头陀说：做什么，直说。

一个开口：我们是胡子靖胡九老介绍来的。薛伯陵指挥的第九战区将士在万家岭打个大胜仗，扬我国威。

头陀说：晓得，大胜仗。

另一位说：我们湘省商会同人，想有点表示。胡九老告诉我们，薛伯陵外号老虎仔，如此，想得到先生的翰墨，书一个大大的“虎”字。

头陀说：为何看上我的字？

一位说：胡九老欣赏先生的字，说是有杀气，甚至有些霸道，却又沉得住气，最适合薛伯陵的性格。若是宋徽宗那笔瘦金体，多了柔丽，少了刚直豪壮，怕人家不喜欢。这次，特意带来特种净皮宣纸，请先生赐墨。

头陀点头。

当即铺开六尺净皮宣纸。葵嫂子取出虎啸墨，越磨越香。头陀说：且等。

他出门，仰望天上，有星，不多，不是乱得像烧饼上的那片芝麻，却布下几颗亮星，让其他星团折芒。风吹过，星河一动不动，仍是点点晶莹，以静待动……由虎想到寅白、寅黑，似乎看到，在乡野草丛之上奔跃的两道虎脊，好生动。

……由乡野想到豺狗子，最会偷袭。日本鬼子正像豺狗子，惯搞偷袭，薛长官没有长烟袋锅，却有军队，这次“豺狗子”入了他的口袋中。

这样一想，有了主意，进屋。对两位来客说：容我做件事，你们稍等。

头陀找出储存的印石，拣出那块寸径大的鸡血石，拿出雕刀，单刀白文，刻下“兴风狂啸镇敌顽”七个字，握着印说：闲章有了。

找个大白瓷碗，盛水，将葵嫂子磨出的墨汁滴两滴到碗中，来人见到墨汁化作两尾细龙，在清水中游动。头陀介绍：这是虎啸墨磨的墨汁，正合要写的“虎”字。

来人点头。

“六尺宣”上这个“虎”字如何写？要用什么样的笔？头陀扯过两张特种净皮宣纸，揉成一团。来人奇怪：莫不是嫌纸不好？

就见头陀手中的纸团蘸墨，在铺好的宣纸上按去，跟着手势由缓转急，由凝重入挥洒，不写虎奔、虎纵、虎跃，虎吼，而显虎蹲、虎踞、虎思、虎视，宣纸上留下的晶晶墨意呼唤一种精神，一种气势，如刀枪剑戟的撕拼，奔霆猛火的撞击。

来人击掌，大赞：好啊！字中透露刀剑的寒光！

又说：沉稳中求锐意进取，正与薛长官的秉性契合。

头陀收手，取水洗去手中墨迹，嘘一口长气，如卸下千斤重担，坐下，默不作声。喝过葵嫂子端来的茶水，算是喘匀气，问来人：如何？

来人说：极好！

头陀落款，盖上那方闲章，来人认出是“兴风狂啸镇敌顽”，正合着老虎仔歼敌的壮举，大喜。一位说：就连先生这方闲章印在纸上也是天趣胜人。

其中一位说：先生一定能写诗，想赐一首诗。

头陀说：写字是我的本行，写诗我是外行。怕你们笑话。

来人说：今天已入芝兰之室，感受到先生的气韵，定要满足我们拳拳之心。

头陀不好拒绝，就着余墨，用支羊毫，在纸上写下：

挟风雷者有静气，
笑看敌酋入汤鼎。
虎贲壮士卷丘岗，
一仗扬名万家岭。

盖上早已经镌下的闲章“刍荛牧竖亦天兵”，来人又是大赞。一个说：将士中很多人出自农家，砍柴、放牛的都有。

另一个说：还有百姓助阵，将岳阳到湘阴的路挖得稀烂，日本人的战车、大炮通不过。这一方闲章的意思更妙。

然后说：请先生开出润格。

这时头陀想到了钟营长，想到在街上遇到的残了腿的伤兵，甚至想到禹技师。

头陀不慌不忙说：这幅字，你们送薛长官，我若不收钱，显得是巴结高官。前回有人拼贴我的字成诗，送前省长何键，让我蒙媚上之嫌。写的诗是献给前方将士的，不收钱。

来人也爽快，拿出一百块钱，说：莫嫌少……

十多天后，武昌失守。

头陀想去南岳烧香还愿，走到山下就被拦住，说是开重要会议，封山。只看到好多军政人员。

跟着城陵矶失守，岳阳沦陷。

长沙空气顿时紧张、混乱。大多数机关撤走，办公用具乱扔，保险柜子从楼上推下，将路面砸个洞；电话机子连一把电线，就让它们困在路面“梳辫子”；废文件夹子、旧卷宗，烧得半焦，办公楼下是“焚书坑”。器物都破坏了，人呢？早开拔了。头陀又看到，街上显眼之处有日文的大标语，是不是日本兵早就潜伏在城内？后来有懂日文的说，标语的内容是劝日本兵早些脱离战场，莫送死。就有人说：这些是政治部第三厅日本籍的反战人士刷的。虽然不是反动标语，却引起市民误会。

街上看不到一个警察。

“敌忾坊”没有生意，头陀守在家里，看到俊伢子进厨房，踮起脚，用柴火棍子点火玩。不由分说，给一巴掌。伢子哭，女人心疼。头陀说：玩火，火会上屋。

想到世道的麻烦事，晚上睡不安宁。

早上，俊伢子尿得床单水湿。拉他起床，照例两只鞋子朝天扔，掉地后，一只鞋叠在另一只上。俊伢子喊：爹看，这次不是圣卦，不晓得什么卦？

头陀一看，暗叫一声坏事，飞脚将鞋子踢到一旁。吓得俊伢子又是哇哇哭。葵嫂子问起，头陀脸铁青，暗自说，分明是个“背山卦”，大祸临头。葵嫂子洗床单，教训儿子：莫玩火，玩火尿床。

整个上午烦躁，直到大屋的顺伢子进门，捎来些干鱼、新做的烟熏腊肉，还有芋头、盐干菜。留他吃饭，不吃，说土车子寄在外湘春街，不保险。头陀问：为何？

顺伢子回答，寄存行老板说日本人就要打过来，担心车子被烧掉。

顺伢子走了，头陀听说日本兵就要来，多一层担心。仍是让女人去邀请袖箭一家，来吃新鲜芋头和盐干菜、烟熏腊肉。

袖箭拿来一瓶好酒竹叶青。就算有酒有肉，饭也吃得沉闷，都有心事。袖箭说起，军政界有人提出“焦土抗敌”，要学俄国的库图佐夫放火烧城。头陀问：放火就能御敌？有什么道理？

袖箭说：半年前就是这样，炸开河南花园口，以水代兵，淹死日本兵几千人。

头陀说：水通人性，就不淹百姓？

袖箭说：纵火、纵水都不是高招，只是日本兵来势凶，这些是没有办法的办法。

头陀说：民命关天，再想不出办法也不能牺牲民命。

心情沉重就喝闷酒，你一杯，我一杯。喝得都有醉意。酒还剩半瓶，继续喝。袖箭的女儿瞌睡沉沉，袖箭娘子离席，送小娜回家。

俊伢子也栽瞌睡，葵嫂子带儿子去睡。

袖箭说：日本军队已经打过岳阳，到了新墙河。

头陀说：新河？离长沙越来越近？

袖箭说：你搞错了，新墙河不是新河，其实，日本人一时打不到长沙。

为何？

袖箭说：岳阳到长沙中间隔新墙河、汨罗江、捞刀河和浏阳河，中国军队沿河设防，能抵挡一阵。

那是，那是。接着喝。

喝着喝着，两人都醉倒。留个空酒瓶在桌上滚动……

突然听到门外喊叫，两人惊起，出门看，红了半边天，是大火，果真应了“以火代兵”。袖箭拔脚就往家里跑。头陀看到外面逃生的人如乱流，连忙叫起葵嫂子，离家。两夫妻搂些急用的东西，冲出门。俊伢子以为最宝贵的莫过于“机关枪”，抱着枪。三个人慌乱跑到街上。头陀看到人往南涌，想到城南路上定是水泄不通，他拿定主意，往东。赶到东屯渡，被浏阳河阻住，一家人挨着河堤坐下，合盖一床薄被单……

挨到天亮，在田中拔几个萝卜填肚子。同在河边避难的，有的哭，有的喊，有人要回城，都在问，为什么大火烧城。一队军人在河边维持秩序。头陀眼尖，看到钟营长，找到他问，是不是日本兵放火。钟营长压低声音讲，这是焦土抗战，其中也有误会。

什么误会？

前方来电话说日本兵打到新墙河，接电话的以为打到新河，报告上去，放火队就纵火。

啊？有放火队？

莫高声。焦土抗战要早做准备，必要时以火御敌。

果真如此……

过两天，找到船划子过河。头陀背着俊伢子，葵嫂子扶着头陀，一家三口艰难地回到银坊，上喜虎山。山下寅白、寅黑从草丛中蹿出，飞快回到他们身边。两只虎低下头，挨着葵嫂子的裤脚擦来擦去，发出呜呜声。

在山上住下，朱家屋场的人陆续送来些用的、吃的，感叹、嘘唏，总算将家重新安下。两只虎不时跑上山，蹲在他们面前，痴痴地看着一家三口。头陀叹气，说：还要去一趟长沙。

葵嫂子说：死里逃生，还要送死。

他说：虎有情义，人也要重情义。

他要去看袖箭一家。再说，还有虎啸墨留在白果园，要找回来。

准备几双草鞋，上路。

到长沙，找到袖箭的住处。一条街上一片瓦砾，横七竖八倒些焦黑的梁、柱。老远看到有人抱着头蹲在地上，近前看，是袖箭，哽咽着对他说：家没了，小娜同她娘都烧死了。

说罢，拿出烤得焦黄的格子花纹的布片，说：这是她们留下的唯一物件。

同头陀抱头大哭。

头陀去到白果园，一片狼藉。长沙城从南门一眼望得到北门，在废墟中不倒的只有国货陈列馆和几幢石质的洋教堂，空中弥漫着焦臭和人、畜尸体腐烂的臭味。头陀跺脚：这座城市倒下了？

# 头陀被误解

七老倌没有讲下去。我问：头陀后来如何？

七老倌说：生逢乱世，哪有太平日子？到后来，蒙受泼天冤枉，气得脑壳撞墙。

却是为何？

以后再讲。今天已经讲得够多。我从他家走出。临出门，他嘱托：生产虎啸墨的事情要上紧。

我问：技术上有人把关？

七老倌说他打包票。

有原材料？

他说：浏阳大围山，好大一片木材基地。

大围山我去得多，横看是树，竖看也是树；山上是树，山下也是树，再有，树大，取烟炱不难，确实是资源。这样，心里有底。再说，技术上七老倌能打包票，莫非他掌握了制墨秘籍？他不是个说话随便的人。

镇上照常开办公会议，讨论银坊镇发展方向，我提出了重振传统产业——生产虎啸墨。有人问，哪来的原材料。我说原材料出自大围山。又有人问起技术上、工艺流程上的诸多问题，我回答：草鞋没样，越打越像。只是提出动议，细节问题还待论证。

众人认可。群主突然发声：我也提个动议。

他说出打造无烟囱产业，办个健身乐园。当即有人说，哪来的客源？群主振振有词：现在是什么样的交通状况，哪家不是一两台小车？长沙到银坊走高速，路上只要半个钟头。

有人为如今的交通状况点赞：也是。以前说是：二十五里吃筵席——来去肚饥；现在是二十五里吃筵席——即吃即点。

群主说：就是嘛。其实，如今兴的是请人吃饭，不如请人出汗。男人耍酷要的是八块腹肌，女人炫靓靠的是水蛇腰，老人还要暴走健身。你给他们提供场地，他们随手撒出大把银子，何乐而不为？再说，早有公司表明投资意向。

我发觉，群主脱离了初衷。他以前将喜虎山说成喜佛山，说什么借助欢喜佛的资源搞生育旅游，现在改弦易辙。健身同生育旅游有什么关系？

众人以为也是个动议，再说有投资方，不用镇上出钱，坐得收益，为何不可？都说可以论证。我不便提出反对意见。

过两天，市委宣传部组织镇一级干部参观，方卓带队。参观新河三角洲的两馆一厅：长沙市的博物馆、图书馆和音乐厅。几何体的三幢大建筑。有广场，广场上矗立一座尖塔。音乐厅墙面嵌字符，认不出是什么字。群主说：日文，日本的片名、假名。

方卓骂他假里手，说：这些是工尺谱的符号。

接着参观博物馆，讲解员介绍长沙规划展示馆，效果图逼真，前景美妙。山水洲城哪，和谐生态哪。银坊一片更是绿色走廊，绿色家园。出馆，就摄影，手机拍照，摆Pose。照过集体再个体。之后自由参观。方卓说：中央有规定，也有禁令，午餐自行解决。

他扯我的衣角，示意随他走。群主提个摩登的健身包随后。

方卓请吃饭，挑中招牌上绘有大鱼蹦起的饭店，店名“味一绝”。

方卓说：今天我做东，不违规，割自己的肉，长你们的膘。这家店子鱼味一绝。点好菜，可以去后厨观摩。

进店门，有竖放的穿衣镜，让食客正衣冠。

要个单间。饭桌上摆盐水花生、甜酸萝卜。边剥花生边叙话。方卓说：今天潇洒一回，当年逍遥街吃口味虾、吮嗍螺的生活值得回味。

那是，那是。

他说：可惜于果不在身边，同窗好友，最亲近，最无功利可言。

那是，那是。

群主插话：你从街道办调到银坊镇，就是学长幕后操作。

方卓喝住他：就你嘴巴多！

接着他问起，银坊镇经济发展的后劲如何。我说出生产虎啸墨的想法。方卓说，这是传统工艺的项目，点头。待我说罢，群主说：我有考量，办个喜佛山健身乐园。如何？

方卓说：好呀！健康的身体才是生活质量的保证。我每周有两三次健身，从不中断。

说到这里，方卓问群主，东西带来了？

群主递上过于考究的健身包。方卓打开包，拿出一套耐克牌的运动衫，长衣长裤，一双耐克鞋，并两双袜子，一顶同样是耐克牌的网球帽，说：为你准备的。

我连连摆手，说：尺寸不合。

方卓说：为你量身定做的。

群主说：上次长跑登记服装尺寸时，记下了尺码。

两人定要我试装，拗不过，运动服穿上身，戴上网球帽，被他们推到门口的穿衣镜前，一照，哇，林丹，还是网球王子费德勒？这一身岂不虚张声势？同堂吃饭的人目光聚集于我，以为我从精神病院逃出。我三下两下脱衣褫裤。方卓说：不闹了，点菜吃饭。

点的几道菜中，有一味“红了樱桃，绿了芭蕉”。什么东西？

方卓将衣裤鞋袜帽叠得整齐，放进健身包，说：这些是我送你的，花的不是公款，今后我们一起健身。

这时服务员告知，可以现场观摩。

进厨房，看到厨师俯身捞出条活鱼，尺多长，摆上砧板，飞快打鳞，刀口一挑，鱼已剖好，鱼尾一截打菱角花刀，这时鱼尾仍在弹动。厨师用块湿毛巾包住鱼头，鱼尾巴一截下油锅烹炸，炸得鱼肉鼓出颗粒，而后迅速装盘。盘底铺芭蕉叶。鱼盘入蒸笼，鱼头免去油煎之苦，嘴仍在一开一合。猛火急蒸。几分钟后出锅，在鱼尾一截淋上酱汁，鱼头淋些蒸鱼酱油。上桌。

方卓指着清蒸的鱼头，说：绿了芭蕉。

又指着鱼尾裂成小块的鱼肉说：红了樱桃。一鱼两吃，清蒸、红烧。如何？

鱼头的鲜嫩、鱼尾的焦酥香脆，两味俱佳。方卓说：这就是“味一绝”的绝妙之处。吃这道菜要预订。

群主说：学长吃出文化意韵。

方卓说：意韵要人领会，一鱼可以两吃，凡事可以两全。正如银坊镇的深入开发，既可以山上生产虎啸墨，又可以山腰办健身乐园，两不相碍，都是文化品牌。

群主接过话茬，说：真是，让我们茅塞顿开。

我不语，喜虎山的开发可以“红了樱桃，绿了芭蕉”？

没想到后来再召开工作会议，“芭蕉”也好，“樱桃”也好，众人都赞成。事情成了定局。奈何？怪我嘴短，怪我被“耐克”。

过两天，方卓又在健身房约见我，说起虎啸墨的文化产业不妨做大些，在作坊旁边建个小纪念馆，介绍此墨的制作者——头陀的简要经历。

我说：当然好。只是资料稀缺。

方卓说：我有职务上的便利，替你搜集了一些。

等到他做完一组健身动作，将一个牛皮纸的大信封交给我。打开一看，资料不少。最先入眼的是湖南甲种工业学堂公葬陈天华、姚宏业挽联上墙的照片，照片有些模糊，但几副挽联还是看得清楚，其中就有头陀的一副。再看，有甲种工业学堂学生入学时的照片，只是认不出哪个是头陀……还有被剪贴过，权当是送给何键的那首诗的照片……还有，还有……

我喜出望外，连连道谢。方卓问：健身乐园的事进展如何？

我说：正在搞。

他说：那好。效率就是生命。

其实，何尝是搞起来？搞得夜以继日，只争朝夕，差不多挖好了地基，只等灌混凝土。群主天天守在工地，吆五喝六，见人递烟。

找七老倌，说出将要筹建纪念馆。他高兴，从湖南甲种工业学堂入学照中认出头陀，方头愣脑。他挪梯子，上阁楼，搬下一沓纸，一页页翻。我闻到浓郁的香味，看到纸上写些零言碎语：

汝有气，我独无气乎？

我固怜之，鬼子乃敢尔？

鬼穷三技。

朴诚者汝何敢扰。

秋坟鬼唱鲍家诗……

什么呀，鬼啊坟的。纸上，墨色如漆，字如冰刀霜剑，头陀手书？用虎啸墨？为什么是七老倌的藏品？

七老倌说：慢慢讲……

头陀从长沙落难回来，大屋的亲戚朋友上山看望，送米油柴炭。亭眼镜提腊肉，还有一笼鹅崽子。从此葵嫂子养鹅，每天切些青菜叶子拌糠，几只鹅从一团黄绒长到尺多长。山上又多了鹅嘎。

两只虎也长大，女人当是猫，朝山下喊一声寅白、寅黑，虎蹦上山，跟俊伢子玩，见到头陀有些畏怯。俊伢子吃饭搬大碗，吃饭时缠着头陀，要听故事。头陀说：哪有那么多故事可讲？

俊伢子说：去找。找不到打锣。

头陀说：又不是寻人，哪有打锣寻故事的。

此后头陀“打锣寻故事”。后来找到《聊斋志异》和《子不语》，就有故事“热点”，讲狐讲鬼。

头陀经常生闷气，听说战乱时期，买不到制墨的牛胶、珍珠粉、冰片、麝香，再有，取烟炱的大松树不好找。住在山上，女人种菜、喂鹅，他却闲得长膘。于是成天抱着书，读得兴起，铺纸，随意挥洒笔墨。

给伢子讲“画皮”，讲过，纸上写：我固怜之，鬼子乃敢尔？伢子问：写的是什么？

头陀说：本来可怜鬼子，鬼子竟敢这样做？

日本鬼子？

反正是鬼子。书中的女鬼要吃人，如今的日本鬼子也想杀中国人。

伢子点头。

再说其他，又在纸上写“鬼穷三技”。对伢子说：故事你听过，女鬼有哪三技？

伢子说：不记得。

头陀骂一声“蠢”，对着本子读：……汝前之涂眉画粉，迷我也；向前阻拒，遮我也；今作此恶状，吓我也。三技毕矣，我总不怕，想无他技可施。

读过，又作解释。然后教伢子读“好大世界，无边无碍；死去生来，有何替代；要走便走，岂不爽快”。傻伢子跟读，声也琅琅，心也朗朗。后来张口就是“好大世界……”只是他有疑问：故事中为何都是女鬼？

头陀无心，随口答：女人阴毒。

葵嫂子说：乱嚼。难道我阴毒？

头陀立马更正：我是说日本鬼子只会来阴的，正像女鬼。

亭眼镜去过长沙，带来报纸给头陀，有《红旗报》《和平报》和《东方》。头陀以为这些报刊有“赤色倾向”。读报，才晓得“金玉其外，败絮其里”。开篇即是“试问以一个刚刚图谋强盛的中国，来与一个已经强盛的日本为敌，战的结果会怎样？这不是以国家及民族为儿戏吗？”头陀纳闷，这是什么言论？有的话更加露骨，“大家都不要打了，我们一起建一个大东亚共荣圈”。

他愤懑，骂：什么“共荣圈”，花圈。早死早埋，不用花圈。

问：报纸从哪里来？

亭眼镜说：长沙。茶馆有人派发。来不及细看。

头陀说：汉奸报纸，蒙张“画皮”，你也信？

俊伢子听到“画皮”，就读：我固怜之，鬼子乃敢尔？

头陀说：报上这些话，像是汪精卫的口气。汪兆铭，早年间刺杀摄政王，老子当他是少年英雄，如今成一摊臭狗屎。

亭眼镜说：晓得。他投敌。

头陀想，只怕长沙城里汉奸多。对亭眼镜说：再去长沙，给我找些正经的报纸。这些揩屁股纸，莫再拿来。

亭眼镜点头，说：只怕会打大仗。

问：为何？不要草木皆兵。去年就是误传消息，引发大火。

亭眼镜说：日本人在诺门坎吃了苏联人的大亏，想在湖南打大仗，提升士气。

或许。

果真日本人打过来了，打过新墙河。不过，九月中到十月中，只打了一个月，敌人败走。庆祝湘北大捷，镇上放鞭炮，山上都听到，头陀心安。

葵嫂子在山上种的红薯那年有收成，装了十几箩筐，生吃熟吃，放响屁、散硫黄。吃不完如何办？就在屋后挖个红薯窖，储存。

那天鹅声嘎嘎，大屋的顺伢子上山，请头陀。说日本人到过银坊，杀死镇上人，要设祭。

头陀惊愕，问：日本人来过？

顺生说：你在山上睡太平觉，山下躲日本兵。来不及躲的女人脸上抹锅墨烟炱，还是被抓走几个。日本兵就行蛮。

头陀头皮发炸。

拔茅田村的三位女子烈性，不甘被糟蹋，抢过手榴弹炸死鬼子兵，自己也死了。镇上设祭，众人找你写挽联。

随即下山。

镇上来不少人，都默默。戏台前布置祭坛，摆放三口黑漆棺材，棺木上蒙白布，周围挂祭幛。见到几位乡绅，其中有位胡子老倌，长袍马褂，穿白布袜子，是晚清拔贡。头陀见到亭眼镜。亭眼镜告诉头陀，棺木是这几位乡绅捐的。白布袜子晚清拔贡抹眼泪，说：慷慨成仁，从容就义，女子捐命，我们只是捐出自己的“长生屋”。

众人讲起被炸倒的日本兵，断手断脚，痛得满地滚，鬼喊鬼叫没人理会。

又说，日本人只认输赢，不认人性。死了的不埋，架起火烧，来不及烧就剁下一截小手指带走。这才叫死无葬身之地。

老拔贡说：犯我礼义之邦，哪有好下场。

跟着头陀写挽联，又是绵纸团蘸墨，写下：

惊雷乍响，阿修罗阴魂无归路；
香云缓降，三烈女浩气有来生。

挽联挂上，头陀对着三口棺木执香拜祭过，步出行祭的队伍，看到那边聚一些学生，扎灯笼。却怪，灯笼蒙红纱。问起，晓得晚上要提灯游行，庆祝湘北大捷。

头陀昏头昏脑回到山上。对女人说起三烈女不甘屈辱，问：若是日本人抓到你，你会如何？

女人说：我脚大，跑得快。听说日本鬼子穿的是翻毛皮鞋，匍重，抓不到我。就算抓到我，我大脚踢死他。

头陀说：对了。朝胯裆一脚，踢碎他的子孙袋子。

那天又是鹅嘎，推门看，不速之客戴礼帽，人丹胡子。细认，竟是袖箭，不到一年，人老了十岁。袖箭抱起俊伢子亲。葵嫂子迎出，看到，说：你女儿小娜还在，也有这么高了。

引发袖箭伤心，眼眶温润。头陀连忙支开话题，问起湘北大捷的战况。

袖箭说：打了二十几天，后退决战。

后退决战？打不赢还是有意撤退？

袖箭说：蒋老板本来不想打，给九战区去电话。薛长官不听。打起来，老鬼子冈村宁次使诈，奇袭岳阳以南的营田。刚一接战，十五集团军关麟征吃亏，就后撤。这一撤倒是好事。

为何？

袖箭说：长沙以北，从新墙河到捞刀河的路都被挖断，翻田灌水，日本人的装甲车挪不得步。坚壁清野，日本人饭都吃不到，只得撤。薛长官命令猛烈追击，日本兵被赶过新墙河。

战果如何？

袖箭说：惨胜。我方伤亡数字比日本人大。但是，这一仗打出了中国人的志气。

头陀问：你为何这样清楚？

袖箭说：我在唐四公子手下当差，他是军中高官，自然清楚。听说过四公子？

头陀说：晓得。唐家兄弟都是高官。去年这时他是长沙警备司令。

袖箭说：没错。四公子大少爷出身，要吃要喝要玩要乐，嫌长沙的啰唆事多，累。恰好常德姓酆的警备司令想调长沙，于是两人对调。结果一场文夕大火，姓酆的顶了缸，被枪毙。四公子逃过一劫。

他为人如何？

袖箭说：不拘小节，有大智慧。对手下，用人不疑，疑人不用。

这样抬举他？

袖箭说：正是。他推崇你。在国术馆看到你的书法，特别欣赏，梦寐以求。他对我不薄。我无以为报，想要你的墨宝。

头陀沉吟一阵，说：好吧。

当即铺纸、磨墨。对着铺下的纸，头陀踌躇了，问：写什么好？

袖箭说：要写的，我想好了。一幅写“不入虎穴，焉得虎子”；另一幅写“勇赴曹营，忍辱负重”。

头陀说：“赴曹营”，学汪精卫？这字我不能写！

袖箭说：讲对了一半。你要信得过我。我妻女都因日本人而惨死，会讨好日本人？四公子也不是这样的人。日后会晓得。

头陀信任袖箭，写了。题名，盖上印鉴。

饭后，袖箭告别，头陀道一声珍重，送他下山。

顺伢子又找他。这次又是受众人之托，要他为戏台写对联。

为何会想到戏台的对联？

顺伢子说城里演出队要到银坊镇上演戏。众人嫌戏台太冷清。对联写好还要刷漆，鎏金。事情宜早不宜迟。请你下山。

又下山。

量过台柱子的尺寸，铺好纸，运神。想到个把月前，也在戏台前，悲的是为三女子设祭，喜的是做红灯笼，庆祝湘北大捷。一白一红，映照公道人心。演戏，无论旧戏、新戏，都是唤出人的本心本貌。联有了：

演悲欢离合，还我公道；

赚嬉笑怒骂，证尔初心。

写好落款——银坊一头陀。

那一段日子，亭眼镜上山多。有次带来一沓重庆《大公报》，日期相连的几天报纸上都刊登启事：唐生智声明同唐生明脱离兄弟关系。说是唐生明“不意突然离湘，潜走南京，昨据敌人广播，已任伪组织军委会委员，殊深痛恨……”头陀想，唐生明不就是唐四公子？袖箭还在他手下做事，如何想得到？暗自怅怅。不过，报上也有消息，让头陀大呼痛快。朱德、彭德怀领导的八路军在华北出手狠，百团大战，破坏敌人的交通线，正太铁路、同薄铁路瘫痪。

亭眼镜说：南方种稻谷，北方种玉米、高粱，夏秋之间一人多高，叫“青纱帐”。游击队员出没在“青纱帐”，不断地袭击日军。

头陀说：谁说共产党是游而不击，这不是？打出了威风。

亭眼镜说：是呀，是呀。

这次亭眼镜又带来《国民日报》和《通俗日报》。头陀又看到百团大战的战果：毙伤日军两万多人，伪军五千多人；俘虏日军280多人。头陀问：又去长沙？

点头。

有什么新奇事？

棚子屋搭一片。国货陈列馆修得如新的一样。再有，城里找不到人剃头。

剃头师傅呢？

都去为负伤将士免费剃头。再有，听说要大修酃县的炎陵和宁远的舜陵，已经向国家请款。

好事。祖迹祖脉，莫荒废。

还有，岳阳城内，日本籍的反战分子烧了城内日本人的军需仓库。

更是好事。失道寡助，亲戚叛之。

也有糟心的事。汪精卫在南京成立伪政府，加入伪政府的湖南人不少。有沅陵周佛海、常德丁默村、湘乡罗君强，甚至有唐才常的儿子唐蟒。

禾壮难免稗子多。你这次去长沙做什么？

亭眼镜说：去听训。颁布《县各级组织纲要》，我们只能听鼓下桡。

问：又有哪些套路？

亭眼镜说：改革田赋征收，国币一元，折征稻谷二市斗。战事需要，增加征收额度。山田亩征五市斗，水田亩征七市斗。比上年征得多。你没有田，暂不征。便宜了你。

还有什么？

背诵歌子。薛长官编的。

背来听听。

背了几句：推广良谷种，增栽好杂粮。

冬耕要力行，副业成小康。

兴水利，筑堰塘，男耕女织富三湘。

种棉麻，种桐茶，松杉竹木富尔乡。

头陀说：歌子讲得有道理。推广哪些良种？

亭眼镜说：稻谷的良种有南特号、黄金灿、万利灿、胜利灿、帽子头。

头陀说：推广良种，好事。

亭眼镜说：乡下的保甲长，有喜有忧。

喜什么？

有点糖抹在鼻子上。像我们这样当差的，一月有80元的俸给。

头陀说：80元，不少了。

亭眼镜说：法币，一块钱买四斤水白菜，就是说，每个月补贴我三担水白菜。我成了白菜贩子。再说，跟着是忧。

忧？

挨骂。县上派巡阅委员，挨乡镇巡视。到银坊，看乡、镇公所，骂人。说两级公所没有格局，像土地庙。

头陀说：你们本来就是土地菩萨。

亭眼镜说：说是土地庙门前还有对联，银坊镇只有光墙。问我是不是读过书。

告诉他，不止读过书，还去过东洋留学，懂得片名、假名。

亭眼镜说：哪敢开口。说我就算读过书，也是春风入驴耳。

头陀捉弄他，说：你姓朱，应该是春风入猪耳。

亭眼镜说：莫逗。就是为这事求你，为不像样子的公所写副对联。

不写。

你呀，上次戏台上的对联一挂，老辈子仰脑壳看戏台，低脑壳教儿孙，“你们要写得出这一手字，老子做梦都要笑醒”。

头陀说：我的字这样值钱?

亭眼镜说：当然。只是对联要署上你的大名。

头陀戏说：要不要写上年庚八字?

亭眼镜说：那倒不用。有名就成。

就写：

亲山亲水拒亲敌，

善宗善友不善仇。

亭眼镜先是奇怪，后来觉悟，说：也好，也好，切合当今世势。

亭眼镜一走，头陀骂：不说“最好”，只说是“也好”。莫把老虎当作猫，虎尿入药猫尿臊。

女人说：将你那入得药的句子读给我听听。

头陀读过，说：袖箭投奔的主子现在已经是汉奸，“昨日是客，今日是贼”的人多得很。我就是要提醒亭眼镜，莫亲敌，莫善待仇邦。

这年收成好。山上听到垄中打谷，东也咚咚，西也砰砰。风调雨顺，葵嫂子随意在山坎边撒些豆子，结出的拖泥豆颗粒饱满。豆荚子切碎喂鹅，鹅长得快，有半个俊伢子高。

种的红薯收一堆，晾干后要入窖。头陀摸进红薯窖，差点被沼气熏倒。敞开洞口吹两三天，沼气算是稀释，这才送红薯入窖，还不能在窖内久留。

亭眼镜又上山找头陀，说有事情要商量。头陀问：什么事？和尚赶道士？

亭眼镜说：大事。

两个人就嘀咕。

女人睡到半夜，听到有响动，起身，点灯。头陀说：睡你的觉，不会有事。

一把搂过女人，要做那件事。难得这样主动，女人听凭头陀作为，只顾着感受冲击和滋润。

第二天一早，发现鹅在啄食地下撒落的稻谷，诧异。头陀说：有什么好奇怪的，都怪你舀谷舂米不留心，撒下的。

女人说：这两天我何曾舂过米？

头陀说：反正是你撒下的，还不去晾红薯丝？

女人晾晒红薯丝，他下山喝酒。

头陀穿过田垄，看到禾秆子被谷粒压得低头，运神：今年有饱饭吃。抱怨自己，让女人劳神费力晒什么红薯丝，红薯丝哪比白米好吃。

放干了水的田亩开拆，谷子掉进拆缝中，长出芽。收割过的垄亩，青泥白鹭，鹭鸶脚长颈长，缩颈啄泥中谷粒，伸脚追捕水渍中的泥鳅。麻雀一群一群，呼地飞向待开镰的稻田。田间几个没精打采的稻草人，竹身架上的烂蒲扇被嘌风鼓起，懒得驱雀。头陀代这些“懒人”说话：人有吃的，鸟雀也要有吃的，雀子何必赶？

靠近镇上，有队伍行军，一队人黑汁水流。队伍中后生子多，不强壮，肩上有背包、枪械、工兵铲、干粮袋。带队的骂拖后的小兵：走快些！个锤子。

小兵说背得重，走不动。

带队的说：当兵当兵，四十八斤。晓得不。不受磨难如何上得阵？如何干得过日本兵？

到镇上，问起，晓得是杨森二十七集团军的队伍。川军。

镇街上摆酒席，众人都说起收成好，常平仓进谷，为此摆酒。亭眼镜牵着头陀的手，送到乡绅们围坐的一桌。同桌的还有三个平江来的扮禾客。地方上有二十几亩公田，每年收几十担谷，收下的稻谷入常平仓。收谷的事雇人做。雇的三个扮禾客来自平江。席上，照常吃麸子肉，喝谷酒。都说起今年是难得的丰收。一位乡绅说：粮谷要收藏好，莫喂老鼠。

那位前年见过的晚清拔贡，依然是长袍马褂白袜子，说：老鼠在其次，切莫被日本鬼子吃冤枉。

众人说：那是，那是。

亭眼镜说：早有安置，众位尽可放心。

一位乡绅说：今年桐子也长得好，如今湖南是生产桐油的第一大省。

有人笑话亭眼镜：桐子满地滚。你架副眼镜子未必分得清，莫捡起桐子当毛桃子啃。

亭眼镜反驳：我啃桐子，只是麻口；你喝桐油，要呕生漆。

那位又笑话亭眼镜，说他从地上摸起糖糊鸡屎，当是颗田螺肉，往嘴里扔，还说“六月的田螺变了味”。

亭眼镜这次只是嘿嘿。

家长里短，好玩好玩。

扮禾客中有个闲不住嘴，说起杨森的二十七集团军驻扎在平江：治军好严哟，副官的老婆向民家借东西不还，他用马鞭子抽。

亭眼镜说：有这样的事？

扮禾客说：千真万确。练兵抓得紧，他在景福坪辟了好大一块练兵场。除了练兵，喜欢搞体育运动，篮球、足球是操练课。球打得好能上英雄榜。

头陀说：球打得好未必仗打得好。

扮禾客说：你不晓得哟，平江的华西书院有口号的——“放弃尺寸土地与主权，便是‘中华民国’的罪人”，当兵的挂在嘴巴上喊，连我们也背得出。

一位乡绅说：听说这位司令官姨太太多。

扮禾客说：不假。那次他请客，坐了一桌姨太太。有个细伢子爬到桌子下被副官揪出来，问为什么要钻桌子。那伢子说，我妈妈说穿旗袍那桌女人没有穿里裤，想看看是不是。

一桌大笑。有乡绅假正经，笑道：寡人有疾，寡人好色。

头陀说：只要能对抗日本兵，就是角色。何必“以一眚掩大德”①？

银坊镇附近就驻有川军。众人又说起川军的生活艰苦。有人讲起，还好，饭可以放开吃；菜？对不住，一钵辣椒，青叶菜子没几根。

有个人夹起块麸子肉，说：这样的美味，恐怕做梦都吃不到。

有人感慨：造孽啊，好多都是娃娃兵，一身精瘦，要行军、练兵。

有人说：不练兵如何上得阵？

有乡绅说：当兵的上阵杀敌是分内事，劳军就是我们的分内事了。我出一头肉猪劳军，黑猪子，膘厚。

另一个说：我家杀了头黄牛，箩筐里还有几十斤黄牛肉，怕变味，吊在井里。也劳军。

又有人应承出一头猪。

头陀默默。亭眼镜说，明天一早集中物品，劳军。

回家路上，头陀想到桐油桐木，是不是用桐子熏出烟炱可以做墨？更想到劳军的事，众人出猪出牛，至少出鸡蛋、青菜，自己拿得出什么呢？家中只有鹅，女人看得要紧，

① 以一眚掩大德：因为一个人有个别的错误而抹杀他的功绩。出自《左传·僖公三十三年》

如何开口？

头陀回家一言不发，女人问他有什么心思。等到天黑，点起枚子灯，他长叹。女人问什么事叹气。他说：想起几个人。

哪几个？

你都认得。第一个是被日本人炸死的禹技师，再有，是袖箭娘子和她的女儿小娜。

女人说：人死了，不能还阳。你以为我不想？袖箭娘子送我做旗袍的那段面料我烧了，免得见到掉眼泪。

说罢女人呜咽。

头陀说：都是日本兵害的。不抗日，受罪更多。

女人说：我懂。

头陀说：驻扎在镇上的兵就要去打日本人。好多当兵的年纪轻轻，吃不到油水，瘦精精的。

女人说：都是父母的心头肉，可怜。

头陀问：若是俊伢子去当兵，你肯？

女人说：打日本兵，当然肯，只是俊伢子还不到岁数。

头陀说：俊伢子都舍得，有样东西你舍得？

女人警觉，问：是什么？

头陀说出想用几只鹅劳军。女人说：原来是打我的几只鹅的主意。

女人半天没说话，头陀晓得她的心思已活动。说：我去捉鹅。

女人悯鹅，头陀搞怪，唱花鼓戏“张先生讨学钱”：

正月里，四月八，
王大娘送我一只鸭。
没人喂，我自己喂，
没人杀，我自己杀。
一杀杀到手指甲……

女人喝道：住手！你哪里会杀鹅，真会杀到手指甲。

她甩手甩脚，蹬蹬蹬地走到后厨。头陀听到群鹅绝唱。端灯照去，惨哪，几只鹅血淋淋摊一地。

女人说：看什么，烧水！

烧锅滚水。女人手脚麻利，就着烫水煺鹅毛，开膛，取出内脏，说：这些，留给寅白、寅黑。

指着几只光鹅说：明天送走。告诉众人，只要为抵抗日本兵，头陀家不在人后。

头陀看着那堆血淋淋的鹅内脏，说：你真下得了手。

女人说：那次你问我，被日本兵抓了会如何？抓我，我就像宰鹅一样，剁他的脚，剁他的手。

第二天一早，头陀扛着煺毛的光鹅下山。山上的鹅只留下两只，物伤其类，嘎嘎鹅殇，在此青山。女人朝山下唤一声寅白、寅黑，两只虎摇头晃脑跑上山，会餐。

鬼子鬼子，满肚鬼点子。中元节一过，日本鬼子有动作，使诈，一〇六师团佯攻岳阳以东大云山。杨森的二十七集团军奉命同鬼子在大云山周旋，鬼子的四个师团却向岳阳正南方向进攻。日本军队占尽上风。眼看要打到银坊。镇上人到处躲，跑不动的只能望天打卦，盼天菩萨保佑。

仗打了半个月，菩萨露一手，搞个日全食——天狗吃太阳。一群人涌向镇街上执香，祷告，让日本人退兵。哪晓得鬼子马队冲来，将人逼到屋檐下。有个鬼子军官操着流利的中文问道：什么的干活？

那位晚清拔贡说：让菩萨显灵，消灾！不见天狗食日？

鬼子军官说：无稽之谈！

他拍马刚走，后面的日本兵用刺刀捅倒拔贡。拔贡倒在血泊中，指着鬼子的马队骂，鲜血顺着他的身体淌，染红白袜子。

偏偏中国军队的电报又被破译，日本人长驱直入。

头陀听到山下人喊马嘶，晓得鬼子到镇上，安排葵嫂和俊伢子去后山，俊伢子抱着竹机关枪，那是他唯一的玩具。正要撤，听到叽里呱啦的声音。再看，几个日本人已经上山，跟着来的有亭眼镜。上山来的日本军官见面就叫老朋友，头陀发愣，细看，竟是早先来过的菊下幸之助。此时的菊下已不是当年的黑瘦文人，已经是日军熊本师团的两杠三星的大佐。听到熊本师团，头陀就上火，正是这个师团投入了南京大屠杀，多少人死在日本鬼子的屠刀下，何能不愤。

菊下脸堆笑，有礼貌，鞠镰刀躬，说：老朋友，又见面了。

头陀突然想起夏目漱石，说：你弃文从军，不漱石枕流了？

菊下说：“青蛙跳入池，古池发清响”。我现在更喜欢松尾芭蕉[①]的俳句。

又对亭眼镜说：亭君，你喜欢松尾芭蕉的俳句吗？

亭眼镜说：我读得不多，但是对这一首有印象——

记忆的劲风之野里，
一把饱经风霜的骨头，
刀一般尖刺。

菊下说：我们都不老，还不到“一把饱经风霜的骨头，刀一般尖刺”的暮年，可以学年轻人一样地蹦蹦跳跳。还是“青蛙跳入池，古池发清响”这句好。

头陀说：青蛙跳入池？癞头蛤蟆蹦下池塘，也有响动。

菊下说：跳也好，蹦也好，全在自为。当年在这里，我写下“自为”，你添上一“好”一“之”，合作“好自为之”，

① 松尾芭蕉：是江户时代前期的一位俳句大师。公认的功绩是他把俳句形式推向顶峰。

装裱后在日本国展出，都说好，都说难得。我的老同学木月香夫也来到中国，他在第三师团，发誓要弄到你的墨宝。我们都欣赏先生的书法。真是“但见樱花开，令人思往事”[1]。仍想有合作的机会。

头陀扫一眼菊下挎枪的随从，说：我们这片地方，可以滋兰植蕙，也可以种上萝卜、白菜，硬插几枝樱花，不妥吧。再说，你一身戎装，持枪佩刀，我想到那么多同胞死在刀枪下，我们叙友情，不妥吧。

菊下立马喝退荷枪实弹的侍卫。葵嫂子站在房门口，腰围裙下藏把柴刀，有准备，若有人对头陀动手，柴刀就一通乱砍。跟着菊下上山的有个娃娃兵，山风吹得他流鼻涕，见到俊伢子手上的竹机关枪，好奇，想拿过来看看。俊伢子迎着他“开枪”，嘴里喊：机关枪，高射炮，打倒日本强盗！

菊下听到，不快，骂一声“八嘎”。小兵见长官生气，夺过竹机关枪，踩成几块。俊伢子冲着日本人大骂“妈妈的”。菊下听懂俊伢子在“问候”他们的母亲，冲过来，给小兵一记耳光，对头陀说：礼义之邦的小孩子不能这样的，教好你的儿子。

小兵捂着被打出鼻血的脸孔，委屈地退到一边。头陀不紧不慢说：我的儿子教得很好。

---

① 但见樱花开，令人思往事：松尾芭蕉的俳句。

门边的葵嫂子惊得失手，柴刀“哐当”一声掉在地上。菊下看到，晓得再无交情可叙，领着卫兵气冲冲下山。亭眼镜跟在后面，点头哈腰，不停地说“误会”。

后来李玉堂的第十军过来，日本人在湖北宜昌吃了亏，攻打长沙的日本兵要退去救援，此时日军已断了口粮。银坊镇再遭洗劫，日军到处搜粮。那天，几个日本兵又押着亭眼镜上山，其中就有上次挨耳光的小兵。这群日本兵跑进厨房，连鹅食也不放过，不动筷子不动勺，用手，一把把，稀糊糊地捞到口中。刺刀尖子挑这处，戳那处。葵嫂子和傻伢子早被送到安全隐蔽的地方，剩下头陀一人，冷眼静看日兵如何动作。日本兵发现了红薯窖，你推我，我推你，都不肯下窖，刺刀指向亭眼镜。亭眼镜两手直摇，告诉他们窖洞子里有沼气，下去不得。日本兵饿慌了，逼着小兵下窖。小兵无可奈何，只得顺着梯子下，呜里哇啦喊着，一会儿息声。上面的鬼子兵一阵乱叫。亭眼镜说：定是被沼气熏倒了。

头陀说：放盏灯下洞子，灯不熄，人就是活的。

亭眼镜解释给日本兵听，几个日本兵也慌了，手忙脚乱，帮着头陀点灯，找竹篮，将灯吊下。竹篮下到一半，灯扑哧一声熄了焰。日本兵又一通乱叫。亭眼镜看着头陀，问：救不救？

头陀点头，说：救！一条人命。

头陀找块布，打湿，蒙住口脸，下洞子。过一阵，扛着日本小兵，沿梯子爬上来。娃娃兵已经是满脸涨红，气息微弱。

几个日本兵俯身试验人工呼吸，呼个鬼，小兵不动不挪。头陀进屋，拿出虎啸墨，贴近娃娃兵的鼻孔，瞬间见他鼻孔蹙缩，哇地吐出先前吃下的鹅食。再灌水，娃娃兵终于清醒……

娃娃兵起身，噗地跪下，冲着头陀磕头。几个鬼子兵也一齐跪下，磕头。头陀打发他们一人一个红薯，鬼子兵千恩万谢下山。

我对七老倌说：事情这么蹊跷。

七老倌说：巧的还在后头。

日军走了，遭劫洗的银坊镇留下几具尸体。亭眼镜回到乡公所，一看，两扇门被搬走。后来发现扔在观佳乡禾田中，门板都锯去一截。

头陀想到战事平息，该制墨了，先去长沙买牛胶、珍珠粉、冰片、麝香。

到得长沙，只觉得一城空旷，少见楼宇，竹篙笆上糊泥的织壁子屋多，阔气的墙上刷石灰浆，不阔气原生态的，墙泥中露出草筋、糠秕。

店铺卖煤油、草纸和最简单的日用品，食盐买卖受控制，咸鱼条子倒挂得有，空气中掺和煤油、桐油的湿渍气息。只买得牛胶，其他的莫问。

寻间小饭店吃饭，菜也平常，先前的锅巴鱿鱼、麻辣田鸡腿吃不到，有盘拆骨肉炒辣椒就是佳肴。扒饭入口，嘣的一声有沙石硌牙。店老板笑吟吟，说，没办法，劝食客将就些。一位食客说：油掺米汤盐掺沙，惯例。

那一桌仍有人“对酒当歌”，像是两个文化人，都是西装领带，一个瘦些，一个胖些。胖些的摇头晃脑吟唱：饭内有沙宜细嚼，酒中无水莫横吞。

瘦的端着酒杯，说：酒中无水？哄鬼。一斤酒兑三两水已经是良心好得上了天。

胖的说：未必。

瘦的振振有词：我且问你，武松上景阳冈一口气喝十八碗酒，如果不兑水，只怕会要醉成酒糟，哪还上得山，打得虎？

胖的说：听说日本人卖东西不敢作假。

这一位说：抽你的饿肚胡说，日本人最假。说什么王道乐土，他何曾让你乐得起来？又将“八闳一宇”挂在嘴巴上唱，那意思是要将东方民族都集中在他的屋檐下。

头陀想，“八闳一宇”曾经听到过，言记者解释过。且听这两位如何争辩。

胖的说：那又如何？有主有宾，他是主，我是宾。

瘦的说：莫做梦。他是恶主，你为驯奴。

话没说完，瘦的将半杯酒泼向胖的，两人揪打。众食客就吆喝、鼓噪，巴不得胖子挨打。

头陀想，长沙人真是，龙也有，虫也有；米也有，糠也有。斗杂嘴子斗出个世道人心。

仍想找袖箭。来到民众俱乐部。这儿只留下守大门的，说袖箭昨天来过，平时难得打照面。头陀说，这两天在长沙住在不成样子的“祥成”旅馆，如果见到袖箭，让来相见。

那晚，正寻思去哪里找珍珠粉、冰片一类，有人敲门。来人对襟薄袄子，口罩蒙脸；腰里鼓鼓囊囊，手枪？遇上打劫的？摘下口罩，却是袖箭。人没落座，从腰间摸出本日文画报扔床上，说：我时间紧迫，马上要赶火车。这本画报上有什么，自己看！

头陀看到是本画报《跃进之日本》。打开看，赫赫入目的是两幅书法，一幅没有署名，却有说明——“支那书法大家同日本书法家联袂作品”，写的“好自爲之”。一“好”一“之”正是自己的手迹。下一幅同样是“联袂作品”——“日中亲善”，落有自己同菊下幸之助的名号，“银坊一头陀”历历在目。袖箭说：唐四公子看到这页画报，气愤得扔在地上，说了八个字。

头陀问：哪八个字？

袖箭说：文人无状，文人无行。

头陀说：容我说清楚。

袖箭说：来不及了。我只告诉你一件事。日本兴亚院重金请四公子的夫人徐来拍电影，让她演南造云子一角，徐来坚决拒演。

头陀说：她拒演同我有什么关系，我何曾搞出什么“日中亲善”，分明是栽赃。

袖箭说：栽赃也好，栽跟头也好，你看着办。我走了。

摔门。

头陀气得吐血。正要将这页撕成碎片，一想，还是要细看。就看到那幅“日中亲善”，“亲善”两字确是自己手书，对了，原来是乡公所门板上的对联被日本人盗走，偷梁换柱，拼接如此。大骂：我固怜尔，鬼子乃敢尔。

又对自己说：日本鬼岂止三技，还有第四技——偷！

回银坊。床上躺了一天，想到从此失去袖箭这个朋友。再一想，你四公子已经在汪精卫的伪政权任职，你的四公子的哥哥在报上登出声明，四公子才是真正的汉奸，羞辱我“文人无状，文人无行”，我就说“公子无状，公子无行”，老子说得理直气壮。

正在床上辗转反侧，亭眼镜来到他床前，将那本画报《跃进之日本》摔给他，说：你去长沙，我也刚刚从长沙回来，看看这本画报上登的什么。

头陀坐起，看到那本画报就光火，大骂：都怪你，把个什么菊下领上山。

亭眼镜说：字是你写的，赖我？

头陀香的臭的一齐出口：你个麻将牌中的“二筒”[①]，镜片子厚过酒瓶子底，糖糊鸡屎当田螺吃的近瞅子，不仔细看看，那“亲善”两字是从你乡公所门联上挖下的。你以疯作邪，近视眼偏要说瞎话。再有，那天菊下下山，我看到你跟在后面点头哈腰……

亭眼镜陡然一想：是了。乡公所的门板被取走，然后只剩一截，莫非锯去了“亲”字和“善”字，日本人并不蠢。

头陀说：日本人不蠢，是你蠢。

亭眼镜赔罪，头陀这才同他说话。

“红了樱桃，绿了芭蕉”，樱桃挂果，芭蕉才出苗。什么叫“迅雷不及掩耳”？健身乐园的兴建就来不及掩耳。镇政府找不到黄群，问起，在工地办公。哪个委派他去的？我正好有事路过喜虎山，索性山上看看。

眼前，三层楼房接近竣工，室内叮叮砰砰搞装修，工地弥漫刺鼻的香蕉水气味。楼前挖沟植绿篱。见到亮亮，他呵责园林工人：做事上心些，这是老子从国外弄来的名贵树种。

园林工人嘀咕：名贵个屁，哪是进口的，瓜子黄杨，大路货，没必要大呼小叫。

---

① “二筒”：麻将中的二筒形状像眼镜。

亮亮见到我，彼此点头。我说工程进度快。他说：是呀。两岸猿声啼不住，轻舟已过万重山。

娘的，咒我。老子什么时候返祖？

总算见到黄群，他指手画脚，安排工人贴天花板的石膏线。见到我，领我看将要立在马路边的广告牌，很香艳、很刺激感官的那种：漂亮女子张开双臂，似要拥抱众生。出于商业考量，我发表意见：健身的男同胞多，广告牌上应该推出肌肉饱满的男神。

群主说：男人，有呀，左下角有几个。

果真有，女郎光着的大腿下方有几个，比例太小，缩在一角。我说：阴阳失调。

他说：正要这样，母系氏族。

我无语，下山。他叫住我，说：半个月后健身乐园开业，定要光临。方卓会来剪彩。

我再见到方卓是在长沙县烈士陵园，乡镇一级干部百多人，由方卓带队参观。陵园位于长沙、平江和浏阳交界的双桥镇，这里与银坊相邻。

龙华山下，石塔矗立，塔壁的浮雕，凝固着血与火的搏杀，忠与邪的较量。拾级而上，两边是墓穴。看墓碑，东边的安葬抗日战争以后的烈士，西边的不然，安葬的是红十六军战士。据讲解的双桥镇书记介绍，大革命时期牺牲的双桥镇烈士一百多位，都是当地人，都隶属红十六军。那段历史正如红歌唱的：

一送红军下了山，
秋风细雨缠绵绵。
山上野鹿声声叫，
树树梧桐叶落完。
叫一声亲人红军呀，
几时人马再回山……

双桥人民送红军的事发生在长征之前。当时身为师长的孔荷宠带着红十六军不断地攻城夺堡，为自己扬名显声而盲干。1932 年冬天，红十六军子弟回到家乡，当地百姓高呼“红十六军万岁”“红十六军是劳苦群众的救星”“红十六军永远不离开我们”。不要离开呀，红军一走，当地人民就遭屠杀。孔荷宠不为守土担责，仍是拍屁股走人，又攻打城市去了。失去主力红军保护的苏区，人民那个惨哪，石头也要过三刀。孔荷宠为建功立业，让红十六军的战士不计牺牲，为此，不断有人倒下。而孔荷宠在 1934 年 7 月间投降了蒋介石。他“荷宠”哪，一点也不假，蒋介石让他坐在旁边，专车在南昌城里兜圈，以示宠爱。后来委派他当杨森二十七集团军的一个师长……

低头看西端三排墓穴，深深为长眠于地下的双桥子弟而悲伤，但有一丝无奈——为何不在烈士墓前放一尊叛徒孔荷宠的铜像，任来往的血性汉子去咒，去骂，去泄愤。

一些位高权重，却又毫无担当，趋利求荣的家伙，所作所为都同孔荷宠一个德行——人前充大头，转眼当叛徒。历史应该有纪念，也有警示。

在烈士塔前，照例由方卓讲话。看来他做过准备，从“党指挥枪”的古田会议精神讲起，讲到原来是“三大纪律，六项注意”，后来加了两条，一条是“洗澡避女人”，一条是“大便上厕所”。方卓说：这两条重要呢，洗澡不避女人那叫什么？叫“炫宝”，有些干部还去洗什么鸳鸯浴，那叫什么，叫“炫鸟”。

众人哄笑。他又说：现在上公共厕所，有人也不守规矩。不见小便池贴有“上前一小步，文明一大步”；抽水马桶前贴的是“来也匆匆，去也冲冲”。为什么不“上前一小步”？为什么不“去也冲冲”？作为干部，这些方面都要注意。

黄群带头鼓掌，说方卓讲话很生动。我想说“人间一作秀，上帝就发笑”。

健身乐园剪彩，来得好快，银坊人好有一比，“大肚婆娘拜堂——跨门槛生崽”。剪彩那天我去了，方卓没有去，亮亮张罗打点庆典活动。其中有一项是观看健美操表演。人多，我坐在后排，感受拥挤，感受热闹，感受头顶扫来扫去的耀眼灯光，感受极有节奏感的音乐。眼前一亮，一队近乎赤膊的女郎上场，蹦起来，跳起来，舞起来，转起来，颠起来，疯魔起来。领操的竟是绵绵，四十以上的女人却像二十多岁。旁边有人猜测她的年龄，有的说不会超过三十。有的说：打鬼讲，至少四十。

何以见得？那脸上好光鲜。

懂个鬼，那是注射了肉毒杆菌。

群舞之后是绵绵做健身动员，先示范反手摸肚脐眼儿。台下女人们跃跃欲试，想模仿，徒劳。一位胖大娘说：难度大。

旁边的男士取笑她：你这号吨位，还反手，顺手也摸不到。

绵绵动员词简短，几句话：要身材，先健身；骨感美，最动人。颈窝里养金鱼，这号女人最特殊。男人如果不健身，肚子里面长蛔虫；女人如果不瑜伽，腰围定到四十加。

四十加？怀双胞胎也不会有四十加。看来，健身乐园的设立是爱美男女的福音。

出苗的芭蕉什么时候长大？我找七老倌。他说：有字谜让你猜，猜四个字。

他写出来。

稻娘子，杖击头。

心插刀，钱被偷。

我猜：女贼？持刀抢劫？

都不是。

是什么？

七老倌说：以后讲给你听。

我等着听后面发生的事，七老倌继续：日本人轰炸珍珠港，晓得？

我答：当然晓得。

我以为这样的问题太幼稚。日本联合舰队司令长官山本五十六指挥，日本人搞突然袭击，1941 年 12 月 7 日轰炸珍珠港，美国人吃大亏。一天后，美国总统罗斯福向日本宣战。当晚，英国首相丘吉尔说，美国决心参战了，第一次睡了个安稳觉。跟着英国对日宣战。

七老倌说：日本人好胜心强，海军打大胜仗，陆军耐不住，半个月后搞出响动。

我说：晓得，就是第三次长沙会战。

他说：嘿嘿，先是阿南惟几猛冲猛打，后来薛岳摆出天炉战法。

我说：讲讲银坊，讲头陀。

他开讲，我听。眼前出现战争画面。

……日军兵分几路，几天时间打过新墙河，渡汨罗江空投橡皮艇，炮队却过不来。

亭眼镜找到头陀，说大队鬼子骑兵到了春华山，就要打到银坊，过了银坊桥，不到两天会打到长沙。头陀说：正好。

他搂起两床絮被，扛锄头，扯起亭眼镜，下山，赶到银坊桥边。

天冷，河中，水静静流淌，河岸凝有薄冰，河岸枯草上一层冰霜，踩在草上，发咔嚓声。天色已晚，刁子鱼灌过酒，摇摇晃晃桥上过。见到这两人，问搞什么。亭眼镜说：捕鱼。

刁子鱼问：捕鱼要带锄头？

亭眼镜说：装壕。

又问：壕呢？

又答：装在水中了。

刁子鱼说：十二月间装壕捕鱼，蠢得死。

他下桥，走了。看到刁子鱼走出老远，头陀搓搓湿手心，握锄头，砸向桥石缝，发出锵的一声。

亭眼镜问：你要做什么？

头陀说：拆桥板。

头陀已经撬动桥板。

亭眼镜说：拆了桥，镇上人不方便。

头陀骂：老子出钱修的桥，老子拆不得？留方便给日本鬼子？

亭眼镜懂了，搭把手。两人将撬下的长石板推到河里，河水溅起几尺高。头陀指挥亭眼镜，两人抖开絮被，蒙上桥的缺口，絮被上泼水。北风鼓起，过一阵，絮被冻得如石桥一样结实。

事情做好，头陀说：明天等着桥下数尸。

亭眼镜说：出手狠了点。

头陀说：狠什么？他不仁，我不义。慈不掌兵。

事情的结果可想而知。当晚鬼子骑兵策马桥上过，马蹄在棉絮上踩个空，连人带马掉河中，后面的来不及收缰，又掉河中。接连掉下好几匹马。马上的人，对不住，冻成冰糖葫芦……日本人行军急，霸得蛮，不能桥上过就赶马下河。水深水冷，淹死十几匹马，死鬼子就数不清了。

死马没人理会，镇上人做好事，将死鬼子集中一堆，烧了，挖个坑埋了骨灰，还竖块碑：侵华日寇之墓。墓碑让头陀写。他说：好吧，好吧。一边吟唱“秋坟鬼唱鲍家诗”，一边写下：

寇犯长沙，寇溺河汉，倭刀锈迹证遗臭；
马跃银溪，马失前蹄，阴魂森气侮樱香。

年底，长沙城北，李玉堂的第十军同日军争夺留芳岭。城南，在左家塘，小林子冲交火。冬瓜山打得最激烈，阵地几曾易手。十军将士浴血奋战，叫加藤的鬼子中队长被打死，抢尸。抢过来，从他的公文包中发现秘密，日本兵的弹药差不多用完了。这时，岳麓山上几十门大炮发威，炸得日本鬼子满地死尸。

日本人败退。川军二十军和滇军五十八军驻守离银坊不远的影珠山，阻住日军退路。日机轰炸，抢制高点，占不到半点便宜，攻山的鬼子被全歼。

……那个冬天，北风一起，屋檐下结冰凌柱子。日本人在长沙城里打败仗，消息传到银坊。众人放心大胆，缩在屋里烤火。头陀情绪高涨，欢喜得拿出虎啸墨，要写诗庆贺。烧柴没有几根了，葵嫂子到后山扒柴，临出门摸两个红薯，边啃边上山。哪晓得突然见到两顶钢盔壳子，晓得是日本兵摸上山。日本兵也看到她，就追。葵嫂子急中生智，丢出手中红薯，日本兵见有吃的，不追人了，抢红薯，两个兵抢得打起来。女人一路跑回家。头陀正在磨墨，见女人大口喘气，说有鬼子，他摸支扦担，出门，鬼子如果过来，给他一扦担。没有等到，却见到亭眼镜上山。

亭眼镜说：日本鬼子到银坊，由刁子鱼带路，找到我，说那天看到我们在河边装壕捕鱼，是不是同死去的鬼子骑兵有关。我说，绝不会。再问我捕到的鱼在哪里。我说捕的是刁子鱼。刺多，喂了猫。他又指使鬼子问我要粮食。

你如何办？

如何办？刁子鱼说常平仓的钥匙在我身上，只好带去常平仓。

后来呢？

你晓得的，打开门，仓鼠子、谷屑子都看不到，只有一仓红薯藤。你猜如何？

如何？

那几个日本兵搂起红薯藤就啃。饿死鬼投胎。

头陀又好气，又好笑。回屋，提笔写下：

酆都门破走阴魂，
侵向人间鬼气森。
雪覆农山百果尽，
慌来啃得红薯藤。

两人大笑。

以后呢？

以后庆功，第九战区大庆。这次是太平洋战争以来同盟国的首次大胜，美国宣布向中国贷款5亿美元，美国、英国宣布废除对华不平等条约。同盟国决定任命蒋介石为盟军中印缅战区最高统帅……

头陀同亭眼镜不想居功，始终瞒着撬下桥板的作为，口风好紧。

这是个寒冬，过完年，雪地仍然没有解冻。头陀难得出门，闷在山上，想起袖箭：为什么要随四公子一起，为南京伪政府效命呢？不值得，不值得。归根到底，还是失去自信。要是他仍在长沙，定邀他上馆子，吃“轰炸东京”，吃“油炸田鸡腿”。薛长官不是用“天炉战法”战胜阿南惟几吗？“几”“鸡”同音，让饭店定做一道菜——“明炉烤鸡”，加上说明：薛大厨妙手烹制。这样一想，做梦都笑。

一早，告诉女人，梦里想鸡吃，想得流口水。女人说：昨晚后半夜有挠门声，听到？

头陀摇头。女人说：你鼾声呼呼，我战战兢兢，从门缝瞅，分明看到寅黑和寅白在雪地上来回走，转圈，叫声可怜。

头陀说：晓得，晓得。落雪下凌，两只虎无处打食。让虎进了屋？

女人说：没有。割块腊肉丢给它们，两只虎吃了，一前一后下山。

头陀说：唉，两只虎跟了我们好几年，难得。我下山买些牛肉饲虎。

女人说：买牛肉？你去数柜子里还有几个钱，粜谷都不够。

头陀一想，也是，坐吃山空。如今鬼子退了，难以卷土重来。决计全家去长沙。

第二天，一早买来牛肉，交给女人。女人朝山下一挥手，唤一声寅黑、寅白，两只虎上山，甩头甩脑吃牛肉。吃过，看到行李，仿佛晓得要离别，依依，眷眷，嗅这边，走那边，卧在俊伢子脚下。伢子摸着虎头说：我要走，去城里发蒙读书。

两只虎仰起脑壳听着，虎眼半闭。

头陀想起当年在“万龄堂”，只是两只虎崽子，如今长到四五尺长，也是难得。温柔地将两只虎从头摸到脚。

# 头陀南岳题壁

银坊到长沙百多里路，全靠脚杆子发力。仍雇顺生的土车子，运送不多的行李。走出几十里，俊伢子喊累，头陀指着路上一队人，说：你学学人家。

这队人乐呵呵，一人担两个麻布袋。女人不晓得担的是什么。

头陀说：邮件，这是邮政局的工人，一天要走几十百多里。

伢子不肯走路，爬到女人身上，要背，头陀喝道：下来！

他指着路上过来的一队军人，说：晓得他们在搞么子？

伢子下地。头陀说：没看到？抬电线。为打仗，抢修电信设施。

伢子不懂什么设施，只晓得不能让娘背。

走到渡口，上船。一家人伸长颈脖朝西望，晓得过河不远就是长沙。

长沙。长沙人脾气倔，硬是在废墟上营建个有模有样的城市。大小商店的招牌挂起来，通城又是热气腾腾，香气盈盈，烟气熏熏。

在城里找东西填肚子，找到杨裕兴面馆，吃面难抢到桌子。头陀奇怪，这样好的生意。找到桌子，入座，来两位老食客，笑眯眯，借个座，打横坐下。头陀问，为何杨裕兴如此上座。其中一位说：货真价实。

另一位指着那边穿大襟长衫的，说：那是面店老板，看看，他在做什么。

头陀看去，老板捧起桌上的面碗，喝碗中残汤。却是为何?

这一位说：看到了？品咸淡。面汤没喝完，猜到盐下重了。

果然，见老板去后厨。即刻，后厨大师傅端个海碗，将碗中高汤舀给正在吃面的食客碗中，一面道歉，说盐下重了，由高汤冲淡。

另一位说：杨裕兴店中原有八个伙计做事，仗打起来，有四个走去躲兵，哪晓得出得长沙城，四个躲兵的都被炸死。老板对留下的四个看得如同家人。

这一位也说：论起长沙的面馆，还有甘长顺。老板人也实在，面做得地道，一袋面粉41斤，和面时一定要打100个鸡蛋，后厨的蛋壳子成箩。

葵嫂子听得云里雾里。面端来，果然好吃，伢子吃完面舔碗，头陀赶紧又上几碗，四个人吃得咂口咂舌。头陀问：甘长顺还在老地方?

答：正是，正是。还在白马巷旁边。再有，店旁边有童广兴槟榔店，店中的海南颗子极好的。

到柑子园老亲戚家，住下。问长沙城字、画的行市。

亲戚讲，长沙城人少了十几万，有点文化的人大都去了桂林，少有人欣赏字、画。头陀默然。亲戚又讲，眼下算是太平，各行各业开张营业的不少。有铺面就要有招牌，或者有人要写招牌。头陀想，这倒是个主意。

他认真读报纸，看到省建设厅用桐油提炼汽油、柴油和煤油，厂名叫湖南炼油厂，拟用“三湘”作产品商标。这倒是好，为它写招牌，写广告牌。正在谋划，却看到，厂址设在耒阳，并不在长沙。春景化作春水。

又看报，读到德雅村、雨花亭防空市场即将开业。机不可失，就找到两处市场，问要不要写招牌。人家看过头陀的试作，都说字是好，只是场合不对。问：为何？

告诉他，挎菜篮子买白菜、萝卜的，不在乎招牌字的龙飞凤舞，要紧的是笔画端正，字好认。

头陀端张长板凳，坐在市场门口，脑壳里转来转去，无非是萝卜、白菜、扁豆、辣椒，还有姜、葱、蒜、韭。悟出来了：字要方正，笔画圆润，点横撇捺，一齐立正……再写给管事的看，说要得。讲到润笔银子，只肯出二十块钱。头陀嫌少。管事的说：萝卜一块钱一担，一块招牌，光字上用了我二十担萝卜，还嫌少？

二零得零，二二得四，好歹进得四十块钱，饭甑不空。

过两个月，八角亭的“天倫”绸缎庄开业，老板姓姚，读过几句书，为写这块招牌，将一城书法大家得罪。嫌这位的字“吃少了筒子骨炖汤”，骨架子不稳；说那位的字是乡里裁缝做棉袄，里子宽松，面子崩紧。城里几位书法家茶馆里碰头，都说姚老板眼睛夹了豆豉，读不懂字。于是再没有人肯为“天倫”写招牌。这天，有人访到头陀，说是他为两处菜市场写的招牌字好，撺掇他去姚老板跟前露一手。头陀想：去就去。怕什么？老子的字是胆水浸大的。

到得绸缎庄。姚老板奇怪，问：先生没带笔？

头陀反问：字要几尺大？

姚老板说：招牌字。要镇得住南北四门。

头陀说：字有两根扁担长，笔就要四根扁担长。哪里找笔？

姚老板说：要问你。

头陀说：已经准备好。

头陀的老套路，让往脸盆里倒墨汁，捏团白绵纸浸墨汁，那团纸足有个南瓜大。头陀抓起墨汁团，叫一声“起”，跳到铺好的大纸上，稳稳当当抹下一横；退后两步，再抹下一横，纸上开出两条深沟，显笔势，有韵道，两条“文化平行线”。待到墨迹稍干，手中墨汁团朝两横之中砸去，如高崖上砸出一道瀑布，被飓风掣动，偏向左侧，形成一撇；再在撇与横的交接处按下墨团，以扛鼎移山之力，写下一捺。“天”字赫然纸上，黑白之间似乎升祥云、浮虹彩，众人唏嘘。头陀已是满头大汗。姚老板大声叫好，见头陀嘴唇发干，晓得想喝水，无奈两手墨染，连忙喊：

拿我的紫砂壶来，冲上等铁观音，加上参须。

茶冲好，姚老板持壶为头陀嘴边送茶。

头陀定神，再写“倫”字，架势打开，得心应手，尤其是右边的“侖”，头陀先写下一华盖，而后在纸上步罡踏斗，如筑栋升梁，写出的字方正也，固也！再看，又如一道铁栅栏，两横四竖的交接处严丝合缝，若是心流从栅栏中淌出，任你邪念、歪念、佞念、私念，都被拦住。众人都夸：道行高深。

“天倫”写罢，姚老板拦住他，说：活神仙，央请你落个款。

就写下“银坊一头陀”。

姚老板当即开出润格，不以钱计，以盐计：三担盐。

众人大有感叹：三担盐，当得三十担谷，一个高中校长一年工资也不过三十担谷。头陀想：三担盐，哪有地方存放？让姚老板折算成银钱，用起来方便。

临走，姚老板拿出两匹印度绸的料子给头陀。要了头陀在城里的地址。

头陀高兴回家，银钱和面料递到女人手上，想博一笑。哪晓得葵嫂子哇地大哭。

为何？

女人说：想起了袖箭娘子，当年她也是送我一段印度绸的面料，让我缝旗袍。

俊伢子一边说：还有小娜姐姐。

头陀何尝不想袖箭？几年了，当初在长沙的老朋友找不到了。

过些日子，姚老板找他，让他见个老朋友。哪个？

在曲园酒店的饭桌子上，头陀、姚老板静候。门帘掀开，来人摘下墨镜，竟是袖箭。乍一见面，不晓得说什么好。袖箭先开口：最近发生在南县厂窖的事，晓得？

头陀说：晓得，日本兵作恶，杀了人。

袖箭说：岂止是作恶，是屠杀。三天杀死中国军民三万，奸污二千多妇女。孕妇也不放过，畜生，一群畜生！

袖箭恨得咬牙切齿。

姚老板说：人心都是肉长的，下得手？

头陀说：日本兵的爹娘不晓得如何想。养出禽兽不如的家伙，未必有脸见人！

袖箭说：大错！

他从口袋里掏出几本日本画报，递给头陀。这些画报有《历史写真》《跃进之日本》和《一亿人的昭和史》。细看，图片上的日本国民为日本兵欢呼，其中有穿和服的女人，有提灯笼的学生，也有老人。这些人看上去和和气气，小孩子稚气，老年人慈祥，年轻女人长得还端庄，但是这群人为中国人的苦难幸灾乐祸，为日本兵的兽行喝彩。其中有报道，日本妇女托一方布帛，让每位路人绣上一针，据说穿了这种“千针绣”的布兜肚，能让日本兵刀枪不入。

袖箭说：日本国内很多人以为这是全民的战争，一些女学生主动把个处女之身献给上阵的军人。

他翻开一页，指给头陀和姚老板看，见很多市民捧鲜花，做拜谒。

袖箭说：这就是东京的靖国神社，供奉日本官兵的灵牌子。你们看，无论男女老幼，何等诚心。

头陀问：杀人犯也受供祭？

袖箭说：杀得人越多，祭礼越厚。

姚老板说：在日本，没有良心这一说了。哪比得中国人的宅心仁厚。

袖箭说：也不全是。有个日本人的“反战同盟”，就反对侵略战争。只是日本很多国民中了毒，在做“大和梦”。军国主义，武士道，以蛮悍为荣，以斯文为耻，所以什么事都做得出来。

头陀说：民不怀仁，百事可为。

吃过饭，姚老板有事先走。待到剩下这两人，头陀说：我家女人经常做梦，梦到你家娘子。

袖箭眼睛又红了。沉默一阵，头陀忍不住问：仍在为四公子跑腿？

袖箭点头。头陀说：四公子不怕背上汉奸的骂名？何苦？

袖箭说：事情不像你想的那样龌龊，日后你会明白。

说罢，袖箭戴上墨镜，走了。

头陀回家，路过织机街口，见到街边有献机捐款的募捐站，毫不迟疑，抖出兜中的银钱，将近百来块全投入了捐款箱。

回来，对女人说起同袖箭见面，女人点头，眼红了。当晚她又梦到袖箭娘子。头陀说：睡觉手莫搭在胸口。

女人说：晓得。不只是晚上，就是白昼，眼前恍惚就看到她，笑吟吟站我对面。

这晚，半夜时分，女人突然惊醒，梦到日本鬼子来了，摇醒头陀，问：你说，日本鬼子会不会打到长沙？

头陀说：不会。打来了也不怕，同他们拼。你还有大脚踢人的勇气？

女人说：应该还有。

头陀说：那就好。死也不能让这些畜生占上风。

女人说：只是想到这些事情就做噩梦。

女人说罢，仰脸望屋顶，全身发抖。

头陀想为她算八字，好歹除去女人心病。

这天，姚老板来了，问头陀：湖南人献机捐款，你晓得捐了多少？

头陀问：你捐多少？

姚老板说：捐了三千元。湖南人总共捐 2000 万元，足够买100多架飞机了。

头陀说：升斗小民都大把地捐，你这样有钱，只捐三千元？

姚老板说：正要与你商量这件事。除了捐款，我还想办件事。年初，省政府设立了南岳管理局，设立忠烈祠，入祀抗战阵亡的所有将士。

头陀说：好事。

姚老板说出自己的想法，在南岳山崖上刻石留念。说：你看如何？

头陀说：当然好。找到了地点？

姚老板说：字由你写，我找人刻。同去南岳一同选址。

头陀想，也好。一来对忠烈表示敬意，二来去庙里烧炷高香，祛魅，让女人睡个安生觉。答应了。

那几晚，头陀躺在床上静思默想，南岳山上勒石存念，写什么好？不由得想到日本国盲目叫好的那些国民，蠢得死，倔得死，以为子弟出征是荣耀，是光宗耀祖，也不想日本官兵在中国如何伤天害理……还绣什么千针绣，女孩还陪人睡觉，都是些脑壳进水的家伙。不想想，邪不压正，你鸡屎粒子大的国家却同中国、同美国对着干，岂不是摸着石头砸天？犯天颜、惹众怒？到时候暴雨狂风冰雹子，会让你小日本晓得什么叫作痛。这样想过，就在自己肚皮上画字。字要刻在南岳石崖上，要让子孙后代读。于是有了：民怀仁心，山河无侮。还有两句，到以后刻在富士山上吧：

民不怀仁，山河蒙羞。

去南岳。

山脚下的大庙烧香。姚老板提醒：求事成功要烧高香，事成后要还愿。

就烧高香。又提醒：不是我小气，购香、烛、香包的钱必须各付各，这是规矩。

头陀点头。两人在香包上写明姓名、住址、壬午年七月初十。然后在圣帝大殿前的香炉前祷告，将供品投入香炉。

烧完香，去管理局。局里看过头陀的手稿，同意在山上刻石纪念。带上刻石匠人，寻地方。爬山过岭到天柱峰。头陀说：这地方背倚祝融峰、芙蓉峰，前临灵芝泉、磨镜台、南台寺。不错。

姚老板说：西边还有座望日峰。

头陀说：望“日落西山，奄奄一息；人命危浅，朝不虑夕”，正好，正好。

姚老板问：字刻多大？

头陀答：至少一丈。

勘测好地形，同来的石匠度量字径，说：这八个字有气魄，隔老远能望到。

两个月后，同姚老板再到南岳，一为还愿，自从烧香之后，葵嫂子再不做噩梦，晚上睡得安稳：二为天柱峰石壁上字已雕好，前去看样。

又烧香还愿，见菩萨笑口常开，暗想，女人的心病痊愈，心诚，还是菩萨显灵？

又到天柱峰，见石壁上横排八个大字：民怀仁心，山河无侮。字已髹上红色的油漆，老远看到，色如吾土，红赭相映；字如吾民，八张承受日光映烤的团团大脸。头陀欣慰，姚老板指手画脚，说：这八个字当传子孙万代。

头陀再看这一片风光，只感觉山风袭来，擎石摇峰；石壁坚韧，无移无耸。风过后，眼底云中数峰，如驼如鲸；又如数艘巨舶，桅列帆升。近些的山崖上生成排的高树，柯枝杂叶被山风劈去，坚固山体的树干如剑如戟，锋锷凛然。东望湘江，水碧蓝，看似静穆，却怀润亩滋田的仁厚，蓄摧枯拉朽之伟力。山河锦绣，如文化长卷，谁敢犯，谁又能犯？再看香炉峰下的忠烈祠，深怀感喟：守土尽责的忠烈，无愧锦绣山河。

葵嫂子神智恢复，额上再不贴太阳膏药，脸上也有红润，仍是一早起来劈柴火签子发煤火，跟着为头陀父子炒蛋炒饭，然后挎菜篮子上街买菜。如果买到新出土的芋头和娃娃萝卜菜，头陀和俊伢子饭要多吃几碗。俊伢子已经读小学，从学校到家只隔几条巷子，近。书包是女人缝的，还缝了个笔袋子，装上一支狼毫、一支羊毫。备一块石板，几支石笔。伢子一早上学后，女人就动手晾晒萝卜皮，做白辣椒，等到屋顶现白霜后，再腌腊鱼、腊肉。

待到南市百货商场、亚兴保险公司开业，头陀又为这两处写招牌。后来为沙河街的绍兴酒酱厂写招牌，三伏天，热得人发黑眼晕，这是长沙最热的一天。头陀胸口窒闷，硬挺着写好字，发痧，昏倒。后来刮痧。刮得背上青红紫绿，灌济众水，人丹丸子，算是清醒。

回家后，女人劝，莫再为几个钱写招牌了，钱是人家给的，命是自己的。

头陀戏说：嫌我一身有酱菜味？

后来，姚老板调侃，说：长沙的出家人真多。

头陀问：为何？

姚老板说：你不见，城里到处有“银坊一头陀”？

头陀暗想，早年间，爹嘲笑我写一手账房先生字，告诫我“宁可硬、倔、旷、纵，莫成甜、柔、糯、软”；还说起康有为写字是“吾眼有神，吾腕有鬼”。而现在自己写一手招牌字，成了“吾眼认钱，吾腕生钱”，岂不俗气？认定，从此不再写招牌字。

长沙换了位王市长。这年十月在耒阳召开省里的运动会，篮球比赛，不巧下雨，场上，益阳的王县长冒雨猛追猛抢猛投篮。看台上的薛长官不禁呼叫：王县长，加油！

过一个月，薛长官有令，王县长调到长沙做市长。

头陀关心的是常德会战。十多万日军分三路进攻常德，国民党军队余程万的五十七师顽强抵抗，从城郊打到城墙，从城墙打到城内，逐屋争夺。九战区援军赶到后，收复了沦陷六天的常德。头陀算是嘘出口长气。紧跟着看到报纸上说，英国伦敦的《新闻纪实报》电称："华军第五十七师保卫常德的故事，是战史上的一个最光荣、最惊险的插曲。"连用两个"最"，让国人脸上有光。但是，日军攻占常德，杀了十几万人，奸污了三万多妇女，剥人皮，刺刀挑孩童，极其残忍。头陀仍有一肚子愤懑。

将要过年，姚老板约吃饭。头陀说：不去！

问：为何？

答：为你省钱。你准备一桌酒席花多少钱？

姚老板说：至少也在七八十元以上，还有位贵客来。

头陀说：省政府有令，提高筵席、娱乐税率。六十元以上征税百分之十五。

姚老板说：十五就十五，加起来不到一百元。我割肉。仍订曲园酒家。

头陀赴宴。一路上看到大街小巷清扫得干干净净。街上已有年气，几家大南食店卖年货，人如蚁涌。九如斋门口粉牌上推出玫瑰排骨、叉烧肉、菌油；马复胜卖结麻花、大花片、灯芯糕、米花粑粑、兰花根、开口笑，虽说是大路货，仍是生意好。站街头的小贩卖玩具刀枪、脸谱、大脑壳罗汉，不停吆喝。墙上有大标语：打击日寇，光复常德！

进得曲园单间，袖箭同姚老板在嗑瓜子。落座，聊起新来的王市长名堂多：提倡体育，注重卫生，整治风化，女人不得烫发。

头陀说：这条我赞成，我家女人从不烫发。

接着吃饭，鱼翅、海参。头陀找来跑堂，问有没有腊八豆和辣椒萝卜。跑堂应承去准备。

姚老板说：老长沙的口味还是没有变。

袖箭又问有没有东安鸡。堂倌犯难。曲园老板过来，说：这道菜只有“玉楼东”做得地道，马上去要出堂菜。

头陀问：你东安人仍喜欢家乡菜？

袖箭说：当然，尤其是四公子，他的东安口味不变。

袖箭掀开布帘子，见没有闲杂人，诡秘地问：伪江苏省长，保安司令李士群听说过？

头陀说：听说过，没见过。

袖箭说：若是看见，一眼就能认出这个家伙，满脸赘肉，满肚子肉蛆。听说过极斯威尔路76号？

头陀说：只晓得有个76号，阎王殿，抓进去的人九死难有一生。

袖箭说：李士群坐镇76号，杀人不眨眼，正牌的三姓家奴。

姚老板问：为何搞出三个姓？

袖箭说开：姓过“共”，共产党派他到苏联学习，在特种警察学校培训，回国后在上海搜集情报；后来被国民党逮捕，立马叛变，投靠“中统”，仍干他的特工本行；后来汪精卫投敌，急需要有自己的特工组织，李士群和丁默邨卖身投靠，受日、伪器重，给武器，经费，给极斯威尔路76号的房子。那以后，李士群大肆追捕共产党和“中统”“军统”的人，对爱国人士也不放过。他从共产党到国民党，再到日、伪政权，是不是三姓家奴？

头陀说：当奴才的不会有好下场。

姚老板说：定是苦瓜籽种得多。

袖箭说：也是。重庆方面让打入汪伪政权的四公子除掉李士群。

头陀问：用什么办法？

袖箭说：反间计。让日本人仇恨他，毒死他。有故事呢。

如何？

李士群得势，连日本人也不放在眼里，得罪了在上海的特高课长冈村中佐。这天，冈村家宴李士群和其他三个家伙。冈村老婆端出一碟牛肉饼给李士群，见只有一碟，李士群警觉，不动筷子。冈村老婆又端出三碟，说是日本习俗出菜只依单数，那三个家伙都吃上牛肉饼，李士群拗不过，吃了几箸。就是这几箸送了他的命，牛肉饼中下了剧毒。李士群武高武大，被毒死后，尸体缩成猴子大小。

姚老板说：毒性好重。

袖箭说：阿米巴病毒，无解药。

再问其他细节，袖箭说：莫多问。

又对头陀说：当初让你代我写两幅字送四公子，还记得？

头陀说：记得。一幅“不入虎穴，焉得虎子”；另一幅写“勇赴曹营，忍辱负重”。

袖箭说：是啰，这写的两幅字为四公子量身定做。

那是，那是。

日军又有动作。这天，银坊的顺生找头陀，来得急忙，说是日本飞机炸了银坊，炸死十几个人；又说今年收成靠不住，眼下青黄不接，有人断顿。刁子鱼唆使众人打开了常平仓，见到只有红薯藤，说是亭眼镜瞒了谷米，逼他交谷。亭眼镜撬口不开，挨打。众人限他三天交谷米。亭眼镜让你回银坊。

头陀点头。

城里风传日军过了汨罗江，接近平江，长沙城保不住。葵嫂子说：在银坊乡下还有地方躲；城里，钻洞都找不到口子。

夫妻商量两天。姚老板来了，眼睛红肿，说：这次日军来得凶，打沅江、打湘阴，放毒气，放火。绸缎店做不成生意，我准备躲靖港亲戚家，你们如何办？

头陀说：躲来躲去不是办法。

姚老板说：有桩事告诉你，莫哭，至少莫当着我的面哭，你哭，会带发我的眼泪水……昨天得到消息，我眼泪水已经哭干。

头陀着急，问：什么事，快说！

姚老板已是哇地哭出声来，断断续续说：袖箭被日本特务暗杀了……半夜杀的，尸体横在又一村街上，眼睛被捅瞎……有人听到杀人的家伙操日语。

头陀一听，悲痛得发黑眼晕，人往后倒。摇醒他，两人又是抱头大哭，葵嫂子也哭成泪人。

姚老板说：又一个朋友被日本人害死，剩下的真朋友不多了。一定要保重，等到日本人完蛋，长沙再相见，我多开两家绸缎店，仍请你写招牌。

头陀说：你也保重。定要再见面。

回头，女人说：不躲又如何？硬起颈脖任人砍？何不回银坊？

头陀说：还是躲？

女人说：不是躲，是回乡。

换个说法，抹掉头陀的棱角，同意回乡。

# 头陀赴死·虎殇

银坊镇上热闹，特别是下午。镇上多了化妆品店，多了药店。常有穿着暴露的女子招摇过市，让镇上男人的眼珠子跟着滚动。摆衣摊的女老板骂：死血，除了卖俏，不晓得还卖什么。

另一老板说：这些是健身妹。

这位说：健身？人贱才卖身。

黄群仍是人影子见不到。这几天，朱妹子见我爱理不理，什么事冒犯了她？那天听到她与同事议论喜虎山健身山庄，好像是办什么夏令营。正想了解些情况，见到我过来，众人立马息了交谈。我单独问朱妹子，是不是学瑜伽。她说：不学！

问她是不是健身，她说：不健。

问：为何？

她说：那号鬼地方，哪是健身，丑死人。

话里有话，事态严重。

几天后七老倌找我，不说虎啸墨的生产，却问起，人哪，最不可缺少的是什么？我以为他怪我虎啸墨的事情上努力不够，回答：当然是志气，有志者，事竟成。

他说：讲对一半。其实，最要紧的是诚信。

我又以为，他担心制墨的事情变卦，告诉他，已经研究过，只等样墨拿出来，经过鉴定，就可以生产。

他说：这些我不担心，制墨的配料我已经买到，取烟炱的松木也不愁，浏阳那边，交钱就可发货。只是……

只是什么？

他不说，却拉我去喜虎山，看运来的松木堆放什么地方。我将时间约在上午，他说：不方便。

改在下午，他推在六点以后。

会不会太迟，山路会不会难走？

他说：有手电筒。

那个傍晚，同去喜虎山。

接近目的地，老远听到震耳的音乐声，一辆一辆的小车从我们身边闪过，不少豪车。一路上让人看舌尖上的银坊、沙石地上的“蒙古包”。一辆豪车霸气地将我们逼到路边，电动车冲进刚架好的帐篷里面，赶紧急刹车，赔笑脸。“蒙古包”老板大度，说：不碍事，认得你们。

我问生意如何，店老板说越到晚上生意越好：都是山庄客，一桌啤酒喝得好几瓶，同来的妹子都能喝。早一晌，山庄办健身夏令营，客人多得起拱子。卫生难搞。

我看到满地垃圾，不禁问：山庄不清扫？

店老板说：哪有人手，楼后面扔什么的都有。

继续上路。远处见到，山庄掩映在攒珠聚玉的灯光中，好大胆，何处偷得珊瑚宝树两边种？到山下，停车坪密密麻麻停满车。工作人员拿纸板将前后车牌遮盖，这就怪了。

汽车要盖遮羞布？细一想，近来查得严，来人怕暴露身份。近听，近看，健身房吆喝声掀天，音乐不停地放；成排客房的小窗，窗帘遮得严实。

还好，看得到上山的路。来到道观前，房屋只剩下屋架子。七老倌说这里可建生产车间，旁边，堆放取烟炱的松木。我说，还可以盖个简单的小纪念馆，介绍头陀和他的虎啸墨。

又看到倚山墙摆放的陶瓮、石臼和熬胶的旧铁镬。我说：物品要保管好，今后就是展品。

七老倌说：我收藏了一些可供展出的物件，到时候都拿来。

想到虎啸墨的生产前景，我们都高兴。

天黑了，打起手电筒下山。七老倌要走另一条路，从健身山庄后门绕过。

我奇怪，说：包远路？

他说：有景致看。

两人搀扶着，从山庄健身楼的后面过。七老倌打起手电筒，不照前路照地下，遍地纸巾，还有风流快活又保险的薄胶制品，指给我看，问：你数，有多少？

我呸呸呸！

七老倌说：你不过问这里的业务？

我说：问什么？哪个肯讲？只有你说实话，还带我看现场。

正说话，两道手电光扫来，灯光炽白。来人喝问：干什么的？

我说：迷了路。

保安逼近，搜走手机，我记下他们一笔。又推又拉，被弄到“保卫处”。拉扯中七老倌“哎哟”一声，被下黑手，腰上被手电筒捅，又记下一笔。审问我们：想偷东西？

我说：有什么可偷？

这人说：光是庭前的罗汉松，一株值几十万元。你们探路，想偷花木？

只好以笑作答。私自审讯，再记下一笔。

“保卫处”的几条汉子，衣着斯文，举止不斯文，扎脚捋手，我们估计会有皮肉之苦。正在这时，“救星”来了，是群主。他喝住几条汉子，骂他们有眼不识泰山。于是“泰山”被请到大堂就座，“泰山”就有茶喝。群主到前台，飞快地替“泰山”办好贵宾卡，说每张卡上充值五千元，尽可以消费。“泰山”问有哪些消费项目。群主说，可以健身，可以蒸桑拿，可做的项目很多。七老倌说：腰骨受伤，正要按腰骨。

七老倌跟人进了按摩室。我被群主拥到楼上单间，房间干净，有浓郁香水味，玻璃门隔出洗澡间。先喝茶。群主眉开眼笑，说：劳逸结合。看你整天忙得眉不伸，脸不展，不怕“过劳死”？

我说：没有那么夸张，眉不伸，脸不展，未必眉眼会缩水。

他涎着脸，说：活到我们这样的年纪，应当风光一把。无限风光在险峰，到了这里，让你有个高峰享受。

我听出点异味，说：险峰还是风险？明白告诉你，我没买保险，输不起。

他说：输不起，躲得起。

他起身，将沙发挪开，轻轻一推，有张暗门。说：直通楼下后门，极安全的。

我有盘划：坚守底线。群主见我不抗拒，出门。

我吹开浮在杯面上的茶沫，喝茶，让自己心定。暗想，这山庄真是机关算尽，先是遮车牌，再是雇“保安”，然后设暗门。“健身”还要偷偷摸摸，哪门子事呢？突然有轻轻的敲门声，随着进来一位漂亮女子，衣着清凉，胸、臂、腿都露出一截，白晃晃，化过淡妆。

女子声音并不温柔，算是寒暄过，问做什么项目。问有哪些项目，她说：先生持贵宾卡，熟客，应当知道行情。

买卖？

她又说：这里收费虽高，不用再给小费。

我问起其中一项收费多少，她报出价目。我的天，我的一个月工资只能消费四五次。见她抖散头发，要去洗澡。我急，说：不可以，不可以。换个便宜的项目吧。

她很不屑，说：消费拣便宜，也有。什么价位享受什么样的服务。说清楚，不许碰我的口红。

我立马站起，说不做了。那女孩子柳眉倒竖，说：不做？我没心思陪你玩，给出钟费。为了消灾避祸，赶紧给她一百元，她嫌少，气冲冲出门。

我在大厅等候七老倌，他也提前出钟。两人赶紧走出是非之地。临出门，被叫住刷卡。刷过，给回执，什么也没做，我三百，七老倌五百。

出门，七老倌问我：今天如何？

我说：坚守底线。问他，他说：坚守底裤。

算是晓得健身山庄捞金的秘密。

那几天我在思索，如何取证，如何对健身山庄动“外科手术”，难题。要不要同方卓通气？恰巧此时，接到方卓电话，说有好消息。他急于在办公室见我。

方卓的办公室除了书柜和文件柜，只见到健身包。墙上有横写的条幅：不自满者，受益。不自足者，博闻。看来，方卓朝着“受益”“博闻”的方向努力。见面，他喜滋滋地告诉我，已经同民事部门通气，可以将头陀的材料整理出来，申报。

我问：申报什么？

他说：申报革命烈士。

我问：头陀是烈士？

他说：是啊。死得有气节。

我说：你知道？

他说：我在宣传部门，有八方呼应。

他郑重其事地打开文件宗卷，指给我看 2011 年 8 月 1 日施行的《烈士褒扬条例》，特别看他用红笔画线的部分：

“本条例第八条规定：其他牺牲情节特别突出，堪为楷模的，也可以批准为烈士……”

他说：头陀属于“牺牲情节特别突出，足为后人楷模”一类。依条例，可以申报。

我问：有希望？

他说：重在材料。

话不在多，有这回事已经让我喜出望外。方卓够朋友。不过，我在想，头陀是怎么牺牲的，是不是有“足为后人楷模”的事迹？这是件大事，不能不了解清楚。

回镇上，召开会议，大家高兴，特别是小朱妹子，主动找我，让我见七老倌。

我坐在七老倌家中，两张烤火椅子对面坐。我说出方卓的意见，他沉吟一阵，说：这桩事我早想过。

我问：如何？头陀牺牲的事莫沤在肚子里。你应当见过头陀。

他反问我：你晓得我叫什么名字？

我说：不是叫朱人俊？

他说：你晓得这一片的乡音中，“人”读作什么？

我想起，这一片的老口音，“人”“寅”同音。

他说：我本名朱寅俊，俊伢子就是我，懂？

这叫我着实惊讶，七老倌就是当年的俊伢子。我想，由后代依《烈士褒扬条例》申报，更可靠。只是，头陀是如何牺牲的？

七老倌眼睛湿润，说：申报烈士的事，以前不敢想。过去论出身，爹死后，我一家吃过苦。家里有田产，我娘被打成地主婆——可怜，断了一只手的“地主婆”。因为日本人的画报登载过我爹的字，我爹被说成是汉奸——拼死顶撞日本人的“汉奸”。就连两只虎寅白和寅黑，也被说是为地主看家护院。亭眼镜更惨，被打成汉奸，枪毙了。那年头，说冤枉话的人多，我一家战战兢兢做人，很多事情都存在心里。你不问起，我不会讲；问起，我如实讲。

七老倌又上阁楼，搬下一些头陀用过的物件，有砚池，有笔，有两锭虎啸墨，还有一把柴刀，那是他娘葵嫂子用的。另外单独有个匣子，他说到时候再打开。他讲起……

长沙沦陷，全城又过一次火烧，死好多人。

一个老鬼子，带一队日军，在城里巡行。老鬼子留意看残存的店铺招牌，看过后，在全城打听“银坊一”……

头陀从长沙回来，沿途是被鬼子蹂躏过的人间地狱。

春华镇上，十二三岁的妹子被糟蹋，尸身被刺刀挑出几个血窟窿……

高桥镇上，路边的房屋被烧毁，几具尸体，被烧得乌焦巴黑，晾在屋场前，集成片的苍蝇……

亭眼镜上山报凶讯，说日本人闯到顺伢子家，搜不到粮食就杀人，连大到小杀了七八个。顺伢子颈上挨一刀，脑壳偏一边，伤口冒血泡，嘴里在骂：一帮杂种，老子捅你的娘！

头陀说：顺伢子有骨气。

亭眼镜说：老鬼子叫木月香夫，问顺伢子说什么。我抱定一死之心，告诉他，讲你种姓不纯，年轻人同你母亲亲近，睡过觉，老鬼子想半天，断定没有这回事。说他是静冈县的，家在富士山下，不可能种姓不纯。说同他母亲亲近就是有缘。

后来呢？

后来让医务员给顺伢子包扎伤口。顺伢子的八口之家，剩下他捡回一条命。

亭眼镜又说，他被日本人抓去做翻译。入侵银坊的是第三师团的日军，木月香夫是支队长。亭眼镜说：在打听你呢，问镇上有谁叫“银坊一”，我说不晓得。又告诉我，他从长沙找到银坊，要找的“银坊一”是出家人。

头陀说：告诉他，银坊没有出家人。

亭眼镜说：正是这样说的。

亭眼镜问起常平仓的谷米如何办。头陀喝口水，抹把汗，说：明天清早在戏台前发放常平仓谷米，做好账，依人头儿发，全发完。

亭眼镜问：一粒不剩？

头陀说：不剩！一粒谷也不留给鬼子。

当晚，头陀夫妻、亭眼镜忙个通宵，将所有的谷米从山上运到戏台前。第二天一早，亭眼镜掌秤，依人头儿分谷米，全部分光。偏偏刁子鱼硬说亭眼镜和头陀打了埋伏。亭眼镜骂刁子鱼“痾秋痾疾”。头陀说：有账本子，可以对账。

一波平息下来。

长沙沦陷十多天后，姚老板来到山上。说起长沙沦陷后，醴陵沦陷。攸县落入敌手，日军杀人一万多，耕牛全被杀光。

姚老板说：日本兵好野蛮，杀牛，只取牛腿，杀猪也一样，残留下前肢和骨架子的牛、猪，仍在地下爬动，畜生也遭罪。

头陀感慨：中国军队不顶用哪，百姓受罪。

姚老板说：跟着茶陵沦陷。日本人要征物、征粮，就是找不到人。几个月来，没有一个人做汉奸。日本人将伪县长的头衔加到姓黄的裱糊匠身上，给颗“县印”，威胁他“丢了县印要杀头”，哪晓得第三天黄师傅跑了，躲进了深山。

头陀感慨：民怀仁心。

姚老板说：是啊。长沙民营轮船公司的彭老板，将他的轮船和驳船朝湘江上游开，一直开到距离衡阳以上。听说衡阳也沦陷，彭老板就将“普济”“瑞和”和“新大有”几艘大船和所有的驳船凿沉。

还有，衡阳的铁路工人将火车头转盘拆除，不资敌用。

头陀叫好。

问：九芝堂，晓得？

头陀点头。

……九芝堂的劳老板，早几天回到坡子街店中，推门一看，惨哪，七具中国守军的尸体，都是拼刺刀、肉搏后身亡的。劳老板找到我，我们摸黑将这七具遗骸运到长沙郊外，葬了。劳老板说，救死扶伤，就是贴钱生意也要做，仍旧挂牌营业，卖起市民急需的藿香正气水、济众水、灵宝丹、珍珠八宝眼药、火龙丹。

问：长沙死了多少人？

答：四五千人吧，满街尸体。没来得及撤退的一百多警察都被关在城外的第一监狱。就有不要脸的杂货店老板，打起“欢迎”的白旗，沦陷第四天就找到日本人，当上了长沙商界代表，搞起盐和布匹的投机。

问：汉奸多？

姚老板说：反正有，要防范。路上有穿白衬衣、黄军裤的，手里拿支粉笔，见人就在背上画圈。被画上圈的，走出十几步被日本兵带走，听说是押到东北做苦力。

可恶！

姚老板这次来是想带些米回长沙。头陀替他准备了两袋，找人用土车子运回长沙。米放在车箩下，上面盖些茶枯饼，还有些劈柴，遮得严密。

头陀成天默念：民不畏死，奈何以死而惧之；又念叨：民怀仁心，山河无侮！

在想，银坊镇上会不会同样是有人怀仁心，也有人怀佞心。

七月中旬，日本海军在太平洋塞班岛惨败，死伤几万人，疯狗子乱咬人，咬中国人。在银坊，由日军三军团驻军，杀人，逼粮食，什么坏事都做。镇上人急得团团转，找不到地方躲。亭眼镜带领众人上山，其中有老有小，还有哺乳喂奶子的女人。几十个人藏在两峰之间的洞子里，进洞前，葵嫂子挨个为女人们脸上抹锅墨烟炱，嘱咐，千万莫搞出响动，拉屎撒尿要忍。

怀佞心的刁子鱼趁镇上无人，挨家挨户“打闹”[①]，甚至撬死人嘴中的金牙，被日本人抓到，送到鬼子军官面前，当即挨一耳光。木月香夫问他两桩事，一是粮食；刁子鱼点头哈腰，操本土的日本腔说“粮食大大的有”；又问叫“银坊一”。刁子鱼说只有“银坊一头陀”。木月说，就是他。

让他带路搜粮，让他找“银坊一头陀”。他竟将日本

① “打闹”：趁火打劫。

人领上山。

鬼子上山，情势危急，亭眼镜同头陀出面应对。亭眼镜操流利的日语同木月香夫交谈，倒也融洽。木月说，开战的时间长，给养跟不上。亭眼镜故作惊讶，说：会吗?

木月说收到孩子的信，伤心。为了保证战时供应，东京动物园杀死了所有的动物，孩子为死去的麋鹿哭了好几天。军方要求在华远征军以战养战。

亭眼镜说：杀动物，好痛心哪。以战养战，不是要杀人?

木月指着他的部下，说：年轻人饿了几天肚子。

亭眼镜说：今年粮食歉收，确实找不到粮，镇上人都饿跑了。

日本兵在屋子里翻东倒西，发现红薯窖，哇啦叫。刁子鱼指着洞子大喊“米西米西”。木月近前看脚下黝黑的洞子，问话。亭眼镜摆手，如实说出，洞子里有沼气。木月将刁子鱼叫到洞边，猛的一脚将刁子鱼踹下。洞中，刁子鱼鬼喊鬼叫，过一阵，息了声息。亭眼镜说：洞里确实有沼气。

头陀搬梯子，从洞中扛出刁子鱼。

刁子鱼清醒，竟指着头陀说：他就是你要找的银坊的和尚。

木月指着刁子鱼问亭眼镜：说什么?

又指着头陀问：什么人?

亭眼镜回答：他要这个人给你们几块粗点心。

亭眼镜让头陀拿出一块茶枯饼，告诉木月：我们就是吃这个充饥。

日本兵饿慌，接过枯饼敲碎，一人分一块，啃。虽然进口苦涩，但是香，猛吃。

刁子鱼站起来，做握笔写字的姿势，木月终于弄明白了，对着头陀恭恭敬敬鞠躬，说："银坊一"先生，你好！我同菊下君，朋友大大的有。

木月说：我同菊下都是松尾芭蕉俳句的爱好者，俳句中有"记忆的劲风之野里，一把饱经风霜的骨头，刀一般尖刺"，我以为正是说的我们。

他以为能以风雅拉近同头陀、亭眼镜之间的距离。

头陀不理不睬。木月让亭眼镜翻译。亭眼镜说：这家伙大概是菊下介绍来找你的。刚才读的是日本俳句。

头陀说：假斯文，哪有斯文人奸淫掳抢的。

木月说：特意找你，就是想要你的墨宝。

木月有备而来，让护兵从皮包中拿纸笔，忽然见到护兵嘴唇发乌，神志不清，另外几个日本兵也哇哇乱叫，连忙让医务兵察看舌苔，灌水；几个日本兵哗哗大吐。木月怒吼，藏身洞子里的孩子被吓哭。木月警觉，指挥日本兵搜查，从洞子里押出二三十个人。刺刀尖子抵住人们胸口。

头陀见几个老的颤颤巍巍，脸涂烟炱的女人们更是不敢抬头。又见到俊伢子在人群中，被一个老倌子搂在胸前，葵嫂子手抄在衣襟里面，猜到，衣襟下藏着柴刀。

木月指着中毒的日本兵，让亭眼镜过话——士兵是我的子弟，你不能毒害我的子弟。

头陀说：刺刀威逼的是我的亲人，不能伤害我的亲人。

木月听罢亭眼镜翻成的日语，说：哪有这么多亲人？

亭眼镜转达。

刁子鱼指着俊伢子，说：这是他的儿子。

木月懂了，让日兵拖出俊伢子。

头陀冷眼看着老鬼子，说：我应承为你写字，你要答应我。第一，我绝不会写什么“中日亲善”“八闳一宇”。写什么由我定。

转达给木月，他点头。

头陀说：写字是你我之间的事，不牵连其他人，特别是这些老实巴交的村民。

又点头。见到头陀铺纸，磨墨，木月转换一张笑脸，让日兵放开俊伢子。几位老人和妇女将俊伢子围在中间，就像箍桶一般。

头陀半闭眼，突然想到用篆书，用最原始的文字表达最原始的情感。他握笔，蘸墨，如挟天风野火，他要让笔下流淌火山熔岩，让每个字，每一笔都有灼伤力，要烙得日本人心尖子痛。他暗笑、在纸上写下：

稻娘子，杖击头。

心插刀，钱被偷。

木月识几个中国字，疑惑，问亭眼镜：写的什么？

亭眼镜也不晓得写的是什么，都不晓得写的是什么。

头陀想，民怀仁心，今天是我成仁的时候了。他一把推开亭眼镜，说：我讲，你翻译，要一字不漏。今天，你就是程婴，我就是公孙杵臼。

头陀面对人群，人后是山，山下是原野。他大声喊：稻娘子，就是“禾”“女”“人”，合起来是个“倭”字，戚继光抗倭的“倭”。

木月沉住气，听着译出的日语。

头陀大声喊，亭眼镜一字不漏地翻译：宝盖是“家”，宝盖下的“元”，就是“头”，就是脑壳，右边是手握着棍子敲脑壳，合越来就是“寇”。寇，盗贼呀！入屋抢劫。

众人大致懂了：说的是“倭寇”。

木月脸拉长。

继续说文解字：心上插把刀，好懂，是“必”字。“钱”就是贝，这边的反“文”，其实是用手偷贝，“钱被偷”其实是个“败”字，失败的“败”。

头陀沙哑的喉咙中发出最响的声音：倭——寇——必——败！

亭眼镜也用从来不曾见过的勇气，用日语大声说出：倭——寇——必——败！

众人懂了。鬼子傻了。

木月按捺不住，拔出指挥刀，劈向头陀。葵嫂子冲出来，举柴刀，架住鬼子的指挥刀。老鬼子有剑道功夫，收回刀，再砍下了女人的一段手臂。葵嫂子冲到山崖前，举起双手，一条是鲜血淋漓的断臂，拉长声音呼叫：寅白！寅黑！

顿时，两道闪电，一道黑，一道灰黄，呼啸而起地冲上山，两只虎吼叫，朝鬼子官兵猛扑，虎爪将鬼子兵的黄军服撕成碎片，昂头，唇吻间是咬下的血肉。一个鬼子兵肩膀已被寅黑咬断，另一个被按在地上等死。寅白的虎尾巴也扫倒一个鬼子兵。被押的众人一哄而散。头陀扑向木月，木月有经验，闪到一边。有鬼子兵端起机枪，子弹扫倒头陀。寅黑纵身跃起，被子弹击中，訇然倒地。寅白跳过来，咬住鬼子兵一条腿。木月的手枪子弹射中寅白的头颅，它倒地时虎爪将老鬼子扇出老远。两只虎倒在血泊中，伴着头陀。亭眼镜冲到木月跟前，用日语说：我也凑个数吧。

他读出松尾芭蕉的俳句：

记忆的劲风之野里，
一把饱经风霜的骨头，
刀一般尖刺。

机枪扫倒了亭眼镜。

木月愣了，他没想到这些中国人都有“刀一般尖刺”，没想到虎也有以暴易暴的勇猛……

# 于果的故事

## 唐四郎歌手

我同杨未在天心阁喝茶。他说我是幽灵，一身装束既可以登精品店，也可以扔垃圾堆。说我蛮横地让他接受新潮、浪漫、颓废和油杂。是吗？我的头发虽长，且蓬松，但是断不会从头发缝中钻出个小生物，我没有“扪虱而谈”的雅兴。

他问我：漂到长沙多久了？

告诉他：回来两个多月。“北漂”当厌了。自己没生火，颠来倒去是兰州拉面、沙县小吃，做梦都想剥口味虾，吮嗍螺。

他问我在北京混得如何？

我说：莫提起。穿衣拉链夹到下巴上的肉，走路左脚绊右脚，上楼梯脚踩空。

他问：回来大展宏图，仍有雄心？

我告诉他，平常心，没有雄心。本想在北京发展，走音乐这条路，有大赛就报名，总不能入围。且不说高手林立，就是应付参赛，所需要的乐队、服装和布景的一大笔开销，都压垮我。

杨未不知个中艰辛，反倒说：人家“大衣哥”，不用装扮，靠一把嗓子，一样出名。

我说：我是小衣哥，破衣哥。

他说：倒也是。回长沙仍搞音乐？

告诉他，目前在歌厅演唱，还算受欢迎。只是受刺激，不愿长期唱下去。

为何？

我讲起。那次在小天鹅宾馆，同台演出的是一位歌唱界的老前辈，不止能演唱，还会翻跟斗，一身的腱子肉。他一曲唱罢，台下不响掌声，他“感谢听众，再唱一首”；台下仍没有反应。他问，是不是不希望我再唱，竟有人说，哪个让你再唱？这位歌手尴尬下台，含着眼泪。

……从此我息了在歌厅演唱的念头。

杨未问：不玩音乐了？

我说：照样玩。现在是“双栖”，心情好在酒吧唱，有人邀我“挑土”①，就去“唐四郎”②。

杨未以为“唐四郎”仍是几十年前的搞法，只是吹唢呐、打锣鼓，唱夜歌子；他哪晓得现在的“唐四郎”与时俱进，进化到键盘、铜管。我在那里如鱼得水，既可操键盘，也可吹萨克斯，还可以当鼓手；人手不够，我就当主持人，或者当主唱。

---

① 挑土：临时加盟。

② 唐四郎：丧事上的演唱。

他问：受欢迎？

我说：当然。死人子恨不能跳起来拍手巴掌。

他问：除了酒吧和“唐四郎”，还干点什么？

我说：采风，写歌。要不要看我新写的歌？

我递过手机。让他看手机里储存的歌词：

挤公交的那一回，
我的脸贴在车门上，
压扁了鼻梁。

挤公交的那一回，
我两手抱在胸前，
保护衬衣口袋的二百元。

陌生的姑娘哟，你傍着我，
无助而又慌张。
我想告诉她，不要怕，
我不是流氓，只是在你身旁。

还有一首：

快递小哥被抄牌，
急得青筋暴出来，

蜀黍蜀黍放过我，
送过快餐再回来，
我认栽。

快递小哥被抄牌，
急得眼泪流出来，
蜀黍蜀黍放过我，
情人在等玫瑰来，
我认栽。
……

杨未看过，不置一词。其实，还有很多歌。

他问：演唱过？

我告诉他，唱过。那晚在歌厅演唱《快递小哥被抄牌》，一片喝彩声。凑巧，当晚是快递小哥们聚会，当场有人献花，赠啤酒。

满足？

盆满钵满。

杨未转换话题，问有没有见到方卓和黄群。告诉他，这两个家伙不会去酒吧，更不会欣赏“唐四郎”。于是我能大隐隐于市。

杨未希望同宿舍的四条汉子能有一次聚会。我摇头，说：方卓，高攀不上。黄群，自作聪明的二百五，不见为好。

杨未的手机响，有约，定要拽我一齐赴宴。坐公交车去银坊，二十多个站，到达。沾上银坊地气，感觉眼前开阔，我如鱼得水、氧吧吸氧。想唱。杨未鼓励：想唱就唱。

我就唱：

我是乡里户口，
我在城里打工。
我是快餐面主顾，
我的住处有“两通”，
通电视，通空调，
只是 Web 接不通，
我至今打单身。

我是乡里户口，
我在城里打工。
住处的洗衣机太旧，
开起来轰隆隆，轰隆隆。
我在房间放声唱，
房东就敲门。
我至今打单身。

这首歌算是有情韵，加上“咿呀呀”和“郎里个郎里个郎里个郎”的前缀和后缀，何等轻松、活泼。

杨未将我领到七老倌家。七老倌的浏阳亲戚送他一腿腊麂子肉，还有熏鱼，就请杨未，赴宴。我跟着叨光。七老倌的孙女小朱妹子也在。杨未介绍，说我是歌手，朱妹子偏着脑壳打量我，问：是不是呀？如今的歌手，不是大腕，就是大款。

我说：是呀！偏偏我是银行没存款，吃饭搬大碗。

朱妹子冷笑。杨未想活跃气氛，让我唱一首。我张口就来：

山上不见树成精，
河里不见鱼成龙。
乡里妹子生得乖，
进城嘴上抹口红。
吓死一群人。

朱妹子气得扬起锅铲要打人，骂我狗嘴里吐不出象牙来。我嬉皮笑脸，接着唱：

山上有树撑开云，
河里鲤鱼跳龙门。
乡里妹子生得巧，
七十二行样样精。
羞死城里人。

歌声落，小朱妹子吭哧一笑，说：好歹算是会转弯。

跟着，她同我你一嘴我一嘴，斗杂嘴子。杨未告诉七老倌，说我当“北漂”，在京城，快餐面吃得肚子里起壳，想吃辣椒菜。七老倌笑着说：我懂，炒菜多加黄蜂子辣椒，辣得他喉咙发肿，唱不得歌，骂不得人。

那顿饭，过瘾。朱妹子说：这样喜欢吃辣，到我们银坊做上门女婿。餐餐有辣。

我说：我这号“流光男”[1]，哪个肯接受？

朱妹子发觉讲漏了嘴，脸上起红晕。

杨未不想气氛板结，让七老倌讲故事。我们喝茶，听故事。

---

① 流光男：长沙一带，一无所有的穷光蛋称为“流光男”。

# 于果修行一

我修行。一个月来除了演出，其他时间静心读书，同杨未也没有联系。我要从疲惫中解脱。我为自己定下目标，了解些湖南的音乐人。一位音乐界的前辈多次提起张箫，说他才华横溢，只是英年早逝。我产生兴趣，去省图书馆找张箫的资料。仅有一本。我押上身份证，借阅。读几页，神清气爽，心情宽解，如骆驼卸下重负，读得爱不释手。

张箫写下：

……我可能早慧，两三岁喜欢看戏。庙会上骑在爹的肩上看戏，看得入迷，要拉尿，一泡热尿从他的颈脖淋下。

后来发蒙，老师让我们以“云”为题，各说文章。有的说出“卿云烂兮，糺缦缦兮。日月光华，旦复旦兮”；也有人拣章回小说中的现成话，“但见云封西北，雾锁东南”。轮到我，脱口而出：天上云一朵接一朵，后面的云追着前面的屁股咬。

老师叫好，说我的有趣，有戏。

我对声音敏感，耳朵听到什么，就能在脑壳里出现图画：山颤抖、瀑布悬；山火腾、风扫瓦。哪怕是檐前滴水，也让我看到河上石拱桥，桥上人撒网捕鱼，渔网出水，鱼在网中蹦跳。冷天，偎在灶膛前烤火，柴火燃得噼啪，声不大，闭上眼，我看到鼓胀的豆荚子爆裂，豌豆满地滚；听窗纸掣动，声呼呼，我想象谷草在风涡中翻飞。

进城后，雨夜听到木屐、油鞋走在麻石路面，发出叮铿声，我想象有仙人一手持锤，一手握凿，从天穹上凿下星子，有碎屑纷飞，有火星四射；夜半听更声，脑际间浮出“行人刁斗风沙暗”，也想起大漠荒荒，驼马不前，王昭君抱个琵琶，斜坐马上，弹不停，唱不停，怨不停。

年龄大些，由声音激发我想得更怪诞。闷雷让我想起钟馗锻剑；门榫摩擦发声吱溜，让我想到兰陵王摘去面具，诡谲的怪笑……

我学弹月琴，也学一些民间乐器。

……我进了戏剧专科学校，学拉二胡，调弦时老师讲，弦要崩直，人要踏实。学吹箫，老师说，箫音要一口长气，为人要一身正气。

好！拍案叫绝，张箫对音乐的见地，催生我的同感。我贪心萌发，趁管理员打瞌睡，我揣着资料出馆，找复印社。复印一份，我存个心眼，将资料寄存在“富万家”超市的储物柜里。

回图书馆，交还原件，取身份证，却被保卫人员带到派出所，同我理论。我急忙发信息给杨未：险情，面晤。定王台派出所。

在派出所接受质询，为什么要将资料拿出图书馆。我回答：手机急着充电，图书馆没有插座。

人家说，图书出馆就是偷窃，问：为什么不向管理员通报。

我说：怕吵醒人家瞌睡。再说，资料归还，完璧归赵，秋毫无损。

人家说：这本资料是孤本，想盗版？

我说：出版成书才有版权。只听说过拐卖人口，没听说过拐卖胎儿。

争执不下，民警劝走图书馆保卫人员，留下我。我说晚上有演出任务，求放过一马。有人准备外出执勤，边穿警服，边说：歌星？唱首歌听。

我开口就唱：

穿上警服好精神，
威风吓倒一片人。
维秩序，解纠纷，
敬个礼，笑吟吟。
让你走，你就走，
让你停，你就停，
俨然是个执法人。

这位说：有两把刷子。

要接着唱，人家说：好了，好了，把戏不可久玩。

有人虚张声势，要送我去敬老院做义工。我说：使不得，使不得。到那里开口一唱，爷爷们会笑折腰，缺牙齿婆婆会笑得嘴不关风。

人家让我莫再贫，放我走，丢出句话：这号流歌子明星，迟早会笑出人命。

出派出所，杨未才赶到，让他去“富万家”超市寄存处取东西。

他问：你自己不去?

我说：怕被人吊尾线。

杨未骂：娘的，让我老远赶来，为你火中取栗。

复印件取来，拉着杨未赶酒吧，招待他听歌。

踩着麻石路面，到化龙池。若干年前这一片卖木屐、卖油鞋，现在卖酒、卖歌、卖欢乐，是名副其实的酒吧一条街。一路上杨未说起同亮亮见过面，香水味、酒水味、茶水味，都沾浊气。说我是直率发落，说我作的歌很草根。又说没有机会感受“唐四郎”，今天要感受酒吧文化。

来到“李五闹子”酒吧，给杨未啤酒、腰果，让他坐在灯光幽暗的角落。

九点以后，男女“果粉”齐吆喝：于果于果快登台，漂亮姐姐等你来。

喊声多次重复。

轮到我出场，换装：白衬衣，迷彩裤。话筒是我的利器。开腔：亲人、亲戚、亲爱的，你们好。大家白天上班打卡，晚上上床打鼾，打卡打鼾的时段之间与我互动，真是于果的荣幸。今天为大家献上今早写出的歌曲，现在将处女唱献给我的亲戚、我的亲人、我的亲爱的。

台下有人问：哪个是你亲戚？

我说：遇上你，就是碰到亲戚。

又有人问：哪个是你亲人？

我说：来酒吧亲近我的人就是我的亲人。

再有人问：亲爱的是哪一个？

几桌女宾一齐回答：就是我们！

众人鼓噪：快唱！快唱！

我抱起吉他，边弹边唱。

我半夜发梦天，
想起了山清水秀的从前。
水好甜，
不是罐装，不是瓶装，不是矿泉，
饭好吃，添了又添。
那年头，猪油熬白菜，好吃过海鲜。
那年头，人苗条，不用减肥药、呼啦圈，
那年头，肿瘤医院不晓得在哪一边……

有人议论：怀旧。
我接着唱：

我半夜发梦天，
回到一穷二白的从前。
乡里人鸡蛋换钱去买盐，
城里人要穿新衣等过年。
来了客几片香干子是好菜，
数年看场电影是新鲜。
坐汽车只想打溜票，
谈个爱湘江边上把手牵。

插白：这是何解呢？
四代同堂，四代同房，
打 Kiss 的西洋镜，莫被人揭穿。

打起灯笼找幸福，
哪晓得幸福在眼前。
睡觉之前少喝水，
莫让床帘变水帘。
莫再发梦天。

满场大笑。马上有靓姐姐献花。我想，老子在弘扬正能量。

掌声不绝，挽留我继续唱。我目光投向靓姐姐那几桌，放开喉咙唱：

三十的姐姐花一朵，
四十的姐姐一盆火。
穿着打扮美人蕉，
广场上跳起“小苹果”。

三十的姐姐最抖抻[①]，
四十的姐姐好仪容。
身材如同风摆柳，
跳出个“最炫民族风”。

唱罢，我左摇右晃走台步，身体做有韵律的抖动。

几桌女宾几乎疯狂，有靓女冲上台，拥抱，送吻，我的天，千万莫弄得我满脸口红印。

同熟客握过手，叙过话。我领着杨未从后门溜出“李五闹子”。

剥过口味虾，吮过嗍螺，喝过啤酒，送走杨未。人晕

① 抖抻：长沙话，义为光鲜漂亮。

晕乎乎，钥匙插锁孔半天拧不开门。后来门打开，出来位大姐，骂我“鬼懵了头”，才知道搞错楼层，顿时清醒。回房间，冷水洗把脸，想到不能“鬼懵了头”，要做正经事，读张箫的文章。我眼前出现七八十年前的这位音乐人。

# 于果修行二

张箫被关笼子。牢房狭窄，墙缝透风，冷。没有床。也好，笼子里的木床睡过的人多，木板缝里的臭虫一串串。本有一床薄棉被，蒙头蒙脑盖上可以睡个囫囵觉，他送给隔壁牢房的老倌子了，老倌子是老大哥的亲戚。可怜，关进来，没有被盖，冻得整晚咳嗽。张箫以为自己年轻，顶得住。如今，半夜经常冻醒。

张箫梦中醒来，接着再睡，再做梦。梦到挖藕。藕田入冬后没有亭亭如盖的荷叶，只剩浅水泥沼，荷梗残横。赤脚在池水中探藕，冷得全身发颤，脚尖子仿佛触到一节藕，弯腰用手扒，费半天力气，没有挖到。人被冻醒。冷醒后，张箫想起乡间农民，长年累月盘泥巴，打柴、挑担、打土车子，都是一双赤脚。草鞋？那是奢侈品。他那次见到有位老农，洗过脚后搁在桶沿晾干，看见脚掌的伤口露红肉。老农找块肉皮，烧出油，忍痛将油灌入肉缝，再用粗麻线缝合裂口。他想到，农夫苦啊，突然想应该有首歌：

烂衣烂裤混一冬，
过个寒年盼开春。
开春吆年耕水田，
赤脚丫子踩凌冰。

冷得颤，痛得凶，
只盼有个好收成。
开镰就有田主来，
他得七成我三成。

张箫无纸无笔，幸亏记性好，词、曲等以后补写。他哼呀哼的，想用“五更天”的乡间小调，只是“五更天”是写小媳妇的哀怨，曲调凄婉，不过，可以更改。他想，这一曲要唱出乡情，唱出泥腥味。为这支曲子取名《农夫谣》。

他倒头再睡，又被冻醒。其他人被关笼子是迫不得已，他却是自告奋勇。当初，纪念“五卅惨案”游行，他打头，甘为“冲菜脑壳浮头鱼”①。当时就有朋友劝说，要防范，夹在队伍当中走，遇上风险可以西瓜皮打掌子——开溜。他哪里听得进。硬起脖颈告诉朋友：总要有人走在前。那是什么年代，抓你没商量。巡警嗡来，其他人都散了，他硬挺在那里，不抓你抓谁？后来他说：为什么要躲？古人都主张杀身成仁，舍生取义，我躲什么？相信老大哥会营救我。受审时，审判官听他说话暗自惊叹：一把好嗓子，问：戡乱时期闹事，不怕砍脑壳？

他答：不是闹事，是脑壳太想事。

想什么？

① 冲菜脑壳浮头鱼：形容性格火暴，爱出头露面。冲菜，青菜经发酵后特别辛辣，尤其是菜头，更辣。

救国救民。

审判官说：今天便宜你，保留你吃饭的家伙，关你的笼子。

他说：也好。听说这里是模范监狱，臭虫多不？

说罢，他唱起评剧《四郎探母》：

……我好比笼中鸟有翅难展；我好比虎离山受了孤单；我好比南来雁失群飞散；我好比浅水龙困在沙滩。

审判官说：犟驴子，这头犟到那头，让他吃点苦头，用刑。

于是他受刑，仍是嘴硬。

别人在牢里度日如年，张箫有着数，对自己说，沙粒子饭，囫囵吞，老子能忍就一定忍。他想起老大哥，想到老大哥提起的灌唱片……

老大哥热心如一盆火，行事如一阵风。老大哥说，天下英气，汇聚湖湘。还背诵“树木丛生，百草丰茂。秋风萧瑟，洪波涌起。日月之行，若出其中。星汉灿烂，若出其里”。老大哥又从湘军的曾、左、彭、胡说起，说到谭嗣同、唐才常，说到黄克强、蔡松坡，再说到毛润之和何叔衡……你看看，这是不是“星汉灿烂，若出其里”？

老大哥对张箫说：现在正是洪波涌起的时代，我辈湘人，正要做些移山扛鼎的事业，从事音乐艺术的人，要冲破“大音希声”的寂静，这是我们的天职。

天职？张箫听着，陡然生出使命感。

同老大哥一起的日子真是快活，畅谈音乐、戏剧，谈得更多的是忧国忧民。那天，两人一起去家中。乡间路上，老大哥指着水苋子问，这叫什么？又指着蒿子问。张箫都答出来了。老大哥说，这些都可以煮熟，掺米粉子做粑粑，又香又糯。越看，老大哥越像种田人。

老大哥说：讲个故事，听不听？

当然听。

老大哥讲起，有个种田人的儿子，到城里读书，写家信，自以为读过洋文，有意显摆，就写：

Father、Mother……儿在学校读 Book，身体很 Good，就是那个 English 不晓得，先生骂我是：Dog。

听到这里，张箫忍不住哈哈大笑。老大哥说：还有一个，听不听？

张箫说：当然听。

就讲。

同样是个种田人的儿子，在城里读了几句书，回乡。父子兴冲冲一路走。儿子指着父亲的帽子问：这是什么？

父亲答：帽子。

儿子说：不对，应当叫 Ya、Fa（压发）。

又指着自己的眼镜问：

这叫什么？

父亲说：眼镜子。

儿子说：不对，这叫 Ge、Li、Bo、Li、Kan（隔了玻璃看）。

当爹的窝着一团火。同走过荞麦田，儿子指着荞麦，明知故问：红秆秆，开白花，这是个啥东西？

当爹的气不打一处来，骂：你书读傻了，越读越蠢。

追着儿子打。儿子大叫：荞麦田里打死人哪！

又是大笑。笑过，老大哥说：莫嫌中国的音乐、戏剧土气，做音乐、做戏剧的都要接地气，莫搞出个“荞麦田里打死人”。

张箫觉得有道理。告诉自己，今后作曲写词，不能闹“荞麦田里打死人”的笑话。

到家中，老大哥看到张箫睡房桌上的土三弦和没有外壳的口琴，拿起口琴，擦也不擦含在口中，说要合奏一曲。张箫抱起土三弦。两人合奏《茫茫的西伯利亚》。口琴声的铿铿和土三弦的蓬蓬糅合在一起，合拍，动听。这首歌的歌词是老大哥写的，张箫烂熟于心：

茫茫的西伯利亚，
是俄罗斯受难者的坟。
多少英雄的战士，
被消灭在这万里的途程。
刺刀又那样的无情，
鞭子又抽得紧。
每个人的身上，
是一片血痕与泪痕……

合奏之后再合唱，张箫的声音低沉，老大哥很看好，说是低音炮。平时的这间土屋只有鸡打鸣，狗吠生人，连猫子上灶也悄无声息，这一天却有歌声嘹亮。窗槛前挤满伢妹子好奇的小脸。老大哥说：如果灌唱片，可以选唱这首歌。

也有老人从窗前过，说这一嗓子震得梁间落阳尘灰。老大哥说：一嗓子都震得落阳尘灰，看来，音乐大有可为，音乐人大有可为。

张箫说：我们除了吼两嗓子，还能做什么？

老大哥说：唤起民众。楚汉相争有垓下之战，大战的前一夜，张良“一管洞箫散楚兵”。晓得这个故事？

他点头。老大哥说：后来有四面楚歌一说。明代的戏剧作家沈采的《千金计》提到过这回事。我们也可以“一管洞箫散楚兵”，瓦解敌人。

老大哥的话有道理，这以后他取名“箫”。

我晓得，张箫提起的老大哥是长沙人。最庄严肃穆的场合，慷慨激昂地唱出的歌，就是他写的歌词。张箫与他生死之交，志同道合，难得。说起如今的人际关系，悲哀。酒肉朋友摞一摞，真心朋友没一个。女人也是，经常是闺蜜变“闺敌”。我羡慕张箫。

说起我们自己，当年岳麓山下的同学四人，同逛逍遥街，同吃口味虾、吮嗍螺，现在是飞鸟各投林。“道不同，不相与谋”，呀呀，只能这样解释了。

张箫提到的老大哥，“文革”中有人见过，情状悲惨，被剃了光头，示众。“鸾鸟凤皇，日以远兮。燕雀乌鹊，巢堂坛兮。露申辛夷，死林薄兮。腥臊并御，芳不得薄兮”，这兮了又兮的句子，有些道理。

我找杨未叙心情。正好，他来电话，说我做上门女婿的机会来了。原来长沙县文艺会演，规定银坊镇出个节目，任务落到小朱妹子头上。她缠着杨未，要他聘请我当艺术指导。杨未对我说：艺术指导，教唱歌是你饭碗里的事。说不定你还可以潜规则。

我问：对哪个潜规则？

他说：当然是小朱妹子，她对你很来电。

我问高压还是低压。又问他：黄群在不？

他回答：黄群卖到了“喜虎山健身山庄”。

这样，好办。我推掉“李五闹子”的演唱，准备为银坊镇两肋插刀。

下午三点，小朱妹子电话通知我，带吉他下楼，她打开车门，让我坐后排。我涎皮搭脸，问：坐前排，当副驾驶，行不?

她说：莫让我分心。

我收获了“秋天的菠菜”，被电击。

在银坊见到杨未，告诉我，他同七老倌有约，不能陪我。一切听小朱提调。

我被提调到她的办公室，让我自惭形秽。她的办公设备现代，大屏幕的电脑，最先进的办公电话，还有能旋转三百六十度的大班椅。

她告诉我，节目急着上，夸我是文章快手，让我抢写一首歌，晚上彩排。我的天，这不是屎急挖茅厕?

我参阅银坊镇这几年的工作总结，看完，有些感性认识，我写。不管了，《诗经》让斑鸠子、老鼠子入歌，“乡里妹子”更应当入歌。我就写：

乡里妹子出得众，
忙里忙外人成精。
（茉莉花，海棠花，

哟嗬嘿嘿，叮叮咚咚）
会采茶，会绣花，
骑个摩托到处奔。
（茉莉花，海棠花，
哟嗬嘿嘿，叮叮咚咚）
从来不做带崽婆，
——男人能干的，
女人一样行。
青辣椒辣，红辣椒辣，
泼辣妹子最最爱人。

（插白：你讲的是20世纪的事情，脑壳进水。你有没有见到过如今银坊镇里的女人啰。

插白：只怕也是的，如今哪，再听我唱。）

乡里妹子出得众，
踩得上点子跟得上风。
（茉莉花，海棠花，
哟嗬嘿嘿，叮叮咚咚）
会上网，云计算，
开辆轿车好威风。
（茉莉花，海棠花，
哟嗬嘿嘿，叮叮咚咚）

如今不分城与乡，
——城里白领能干的，
乡里妹子一样行。
青辣椒辣，红辣椒辣，
泼辣妹子最最爱人。

歌词写好，我抱着吉他，边弹边唱。朱妹子问：歌中这样多辣椒？

我说：越辣越起劲。

又唱一遍，唱出“辣妹子辣”的味道。

进来一群姑娘、嫂子、姨妈、舅妈，都说好听。就让众女子跟着唱，效果好，再唱，扯起喉咙唱，越唱越好。

朱妹子提出，将“乡里妹子”改为“银坊妹子”。遵命。

招待晚餐，白辣椒炒子鸡、烧辣椒擂皮蛋、牛角辣椒炒火焙鱼、剁辣椒焖水煮鱼。辣得我舌头麻木。朱妹子告诉我，还有一道好菜——两大天王下山。总算摆脱辣椒了。端上来一看，红辣椒炒青辣椒。我的天，晕！

跟着排练，这群女子俏丽、聪慧，接受能力强，滑音、修饰音都处理得好。舞蹈动作略显夸张，不碍事，乡里妹子乡里样。女子们有这样好的基本功，不能不归功于卡拉OK。

晚上九点多，朱妹子送我回城。她问：你是不怕辣，还是怕不辣？

我说：我是怕当上门女婿。

她故作娇嗔地问：哪个允许你上门？

我急了，辩解：我是狐狸，吃不到葡萄说葡萄酸，我是癞蛤蟆，想吃天鹅肉。好吧，我不上门了。

朱妹子突然停车，跟着给我一吻。还好，没有口红。我被潜规则。

# 文抗会

继续修行，读张箫的文章，眼前浮出当年的长沙。

那年长沙，卢沟桥事变的消息传来，老大哥抢写话剧《卢沟桥风云》。剧中有歌，哪个作曲？想起，如今国共合作，犯“宣传罪”入狱的张箫出狱有望。不揣冒昧，给何芸樵省长去电话。答复，立马放人。

狱门开，迎接张箫的是文艺界、戏剧界的朋友，男女兼有。见面，来不及嘘长问短，抬起他朝天上扔，幸亏众人齐心，没让他摔出个腰间盘突出。看得狱警傻眼。

老大哥当即“打土豪”，问：哪位身上有零碎银子，拿出来，去吃馆子，为张箫洗尘。

朋友中有的慷慨，有的犹豫，还是凑足钱，去李合盛，“发丝牛百叶”兑现。这道名菜将牛百叶切得头发丝一样细，自然爽口。只是张箫油水亏伤了，想的不是爽口，是“爽胃”。吃过议事。老大哥说，当务之急，抗日救亡。说起《卢沟桥风云》的剧本出来了，要配曲。他说：配曲，我试过，无牛拉着马耕田，张箫这头牛从笼子里出来了，要上阵，配曲的事交给他。

张箫点头。

张箫被安排住在一间电影院楼上，楼下是远东咖啡馆。

电影院上映《陈查理在奥林匹克》，很卖座。场外，卖瓜子、花生的小贩，唱声不绝。咖啡店人来人往，虽然咖啡是苦水子，喝的人还是多。张箫被请去喝“苦水子”，端盘的女子很可人。老大哥说：萍萍不在，病了。萍萍长得更好，还会唱歌，会演戏。

《卢沟桥风云》中所有的歌已经写好曲谱，张箫用的是民歌格调，避免了“荞麦田里打死人”。序幕是：

一九三七年，七月七日这一天，
日本强盗在卢沟桥挑起祸端，
二十九军英勇抵抗不怕牺牲，
鲜血染红了永定河畔！

民族英雄佟麟阁、赵登禹一马冲在前
为国捐躯的美名万代传……

张箫合着编出的曲谱哼唱，感觉不错。唱给老大哥听，他不吭声，只是问：听过评书《武十回》？

摇头。

老大哥说：王少堂说起武松上景阳冈，入山下酒店叫一声“拿酒来”！声音震得楼上十几口空瓮嗡嗡响。你声音厚实，莫说十几口瓮，就是几十口瓮都会震破。

张箫想，莫非嘲我“烂沙罐”，应该不会。就说：

怕未必。

老大哥说：曲谱得好。歌由你唱。莫埋没你这样的男低音。

老大哥不食言，那天找到张箫，认真地说：为你的歌灌唱片，明天灌。做准备。

张箫当晚筛选出最得意的几首歌，厉兵秣马，只等第二天上阵。首选是《茫茫的西伯利亚》。第二天，跟随老大哥到青年会后面，有几间钢筋水泥的房屋，密不透风，钻进去，如入蒸笼，没有风扇，人被“烤香肠”。请来了上海百代唱片公司做灌录，章法多。之前，先为湘剧《琵琶上路》灌录，一位中年演员喝过参须水，仍是热得受不了，说闷在里面，会发痧。

轮到张箫，他想，又不是照相，只录声音，干脆赤膊上阵。待到脱得只剩背心，洒脱地唱起来，人家说，墙壁都被震破。一曲《茫茫的西伯利亚》之后，是《洪波曲》《还我河山》《抗战到底》《壮丁上前线》，折腾几个小时，完事。老大哥说：赤膊唱歌，赤心救国。

《卢沟桥风云》在青年会剧场上演，剧场内外挤满人。老大哥和导演都担任剧中角色，咖啡馆萍萍和另一位女演员扮演女兵。张箫扮演拉洋片的江湖艺人，戴顶狗皮帽，穿件破棉袄，嘴粘棉花作为白胡须。很多人边看边哭。戏要落幕，老大哥带头呼口号：打倒日寇！还我河山！

全场一片怒吼。

戏演完，萍萍说，赚了好多眼泪水。

老大哥说：演出不是为赚眼泪水，是为了鼓舞斗志。

到了八月，淞沪会战。长沙街上，墙上标语多起来。张箫路过火车站，看到一队青壮年，脚上是草鞋，走向候车坪。还有一队女子，个个英气，打出旗帜——“湖南妇女战地服务团”；拉起横幅——“打到东京去”。人们认识领头的女子姓谢，参加过北伐，有名的女作家。又有夹着书包的女生缠着谢作家，要参队。场面感人。

张箫回来，有冲动，写歌。

他在一张纸上写出歌词，轻哼，编出旋律，一首歌出来了。

枪炮声、轰炸声，侵扰了家乡的宁静，
军号声焕发了我们的雄心。
守土有责，领土岂能出让，
守卫我们的土地，
哪怕是一寸一分。
操吴戈兮披犀甲，
我们要驻守，

我们要坚忍；
我们要勇猛，
我们要冲锋。
看我们众志成城，
众志成城。

他想，这首歌要用铜铙铁板伴奏，唱出信心。这首是《保卫国土》。

又想到要揭露侵略者的野心，号召人民做斗争。

什么“大东亚共荣”，
什么“武运久长”，
狼心狗肺真奸诈；
烧杀抢掠逞猖狂。
大中华，好儿郎，
不许豺狼逞凶狂。
剥画皮，揭野心，
掏出你的黑心肠，
抢起武器打打打，
万众一心打豺狼。
斩断你的爪，
敲碎你的牙，

不让你有好下场。
打豺狼，打豺狼，
赶得豺狼回东洋。
打豺狼，打豺狼，
决不让豺狼犯我中华好河山！

又是一首：《打豺狼》。

张箫羡慕老大哥的文学根底，落笔千钧，震天撼地。敬佩他为电影《风雪儿女》写的主题歌，让中华儿女唱得慷慨激昂。

老大哥看过张箫的歌，大加赞赏。张箫问：是不是太粗糙？

老大哥说：什么时候了，还玩什么细腻和技巧？现在要搞的是戏剧运动和歌咏运动，不要搞纯技术性。要大众化。

七八十年过去了，今天已经是二十一世纪。当年的音乐人如流星，发热发光。哪像现在，情绵绵，爱绵绵，一根绵线众人牵。我并不想犯众怒，不想一竹篙打翻一船人，我做过一件事，对几家卡拉 OK 厅的歌本做过统计，发现歌名含“情、思、梦、爱”的占绝大部分。当年老大哥反对的是纯技术性，要将战斗性放在第一位；现在却是娱乐至上，娱乐至死，唱得人发嗲发拽发宝气[①]。唉！张箫活到现在，会写出什么样的歌呢？回到我自己，今后写什么歌呢？张箫追求大众化，我能不能摆脱小众化？

张箫曾说：我只是一支箫，孤单，力量不足。

老大哥说：错了。箫有排箫；除了箫，还有笛、琵琶、月琴、二胡、三弦、唢呐；还有大提琴、小提琴、竖琴；还有铜号、圆号、萨克斯，合起来就是黄钟大吕，力量大呢！

张箫受鼓舞。

几天后，老大哥问：有散碎银子吗？

他掏出所有的钱。

老大哥说：远远不够。

问要钱做什么。老大哥告诉他，共产党的军队一一五师在平型关打了大胜仗，要庆祝，吃馆子。

钱不够如何办？

老大哥说：我想办法。"顶门板"。

"顶门板"就是赊账。老大哥领着一群人，都是盼着共产党得胜利的青年男女，雄赳赳，气昂昂，来到又一村的民众食堂，开红酒庆贺平型关大捷。

十月份，开大会，"文抗会"宣告成立。文抗会的全

① 发嗲发拽发宝气：撒娇、撒泼、愚蠢地宣泄情绪。

称是湖南文化界抗敌后援会，张箫参会，想四面八方的文化人聚集在长沙，定要搞出点名堂。老大哥将抗敌戏剧会演搞起来了，自己应当再做一次“冲菜脑壳浮头鱼”，搞起抗敌歌咏大会。

那天，在教育会坪组织了歌咏大会，唱歌的有四千多人，中学生、大学生的歌咏队都来了，张箫担任总指挥。各界民众挤着观看。唱什么？唱《义勇军进行曲》《救国军歌》《抗敌进行曲》《祖国进行曲》《救亡进行曲》……

张箫沉醉在排山倒海的声浪中。他感觉，炮膛里喷出的炮火，徒有杀伤力、破坏力；成千上万人胸膛里迸发的歌声，却有震撼力、建树力。唱的歌很多是进行曲，他似乎看到队列延伸数里，民众并肩挽手，向前挺进。张箫向往过巴黎公民唱着马赛曲，攻陷巴士底狱，向往巴黎公社的社员，在拉雪斯神甫公墓英勇就义；他也为高唱国际歌攻克斯莫尔尼宫的俄罗斯工人和水兵而激动，为战斗在马德里的国际纵队而欢呼，现在，他为“我们万众一心，冒着敌人的炮火，前进”的人们自豪。中国人绝不是一盘散沙！

跟着游行，张箫走在队伍前面，从教育会东街出发，经局关祠、中山东路、府正街、南阳街、药王街、坡子街、司门口，沿路感受群情激奋……

张箫沉浸在沸腾的生活中。他经常在文抗会办公。

文抗会的生活有意思呢，有会员写出诗歌《我们的学校》：

文抗会是我们的学校，

工作是我们的课程，

我们的面前只横着一条路，

不是死，就是活着负起解放民族的责任。

文抗会的干事有很多穷学生，穷青年，穷得钱包掉在水里也不会沉。天冷起来，风雨交加，大家白天走街串巷贴传单，晚上围着火炉烤鞋袜，空气中弥漫“豆豉”的气味。干事兼职多，人兼，物也兼，一把没柄的菜刀要“兼职”裁纸。文抗会白手起家，是“赤贫户”，仅有省党部津贴三十元，干事有七十多，伙食上有“霸王条款”：常务主任和副主任，不得在会搭食；四部主事不得在会搭食；本地的工作人员也不得在会搭食。搭食的少了，仍是巧妇难为少米之炊。饭让吃饱已经大不容易，菜只能是“固定编制”：豆豉辣椒、萝卜白菜。吃肉？众人笑话，只有秋蚊子有肉吃。张箫跟着大家淡泊明志。

年过完，老大哥办起《抗战日报》，他任主编，另一位廖先生任副主编。张箫参与办报，担任音乐副刊的编辑。众人敬仰的徐老为报纸写过几篇文章，也发动朋友写文章。写的人多，都没有稿费，文章仍是雪片一样飞来。

报社设在皇仓街一间老屋的二楼，长长的过道成了吃饭和活动的地方。有破旧的书桌，墙角堆铺盖卷。老大哥和廖先生整天在这里工作，要写社论和其他文章，张箫有介绍群众歌咏一类的文章要写，大家忙得不亦乐乎。形势天天在变化，必须每天研究分析，才能写出中肯的社论，几个人守候在编辑部等待最后一次新闻电讯稿。都熬夜。半夜，肚子饿了吃点油炸臭豆腐，或是啃烧饼，倒也其乐融融。

晚饭后，稍有空隙，老大哥会说：来，唱一段评剧——《武家坡》。于是张箫拉琴，老大哥亮一嗓子：少年子弟江湖老，红粉佳人两鬓斑。三姐不信菱花看，不像当年彩楼前……

又是一番欢笑。

台儿庄打胜仗之后，日机不断侵犯长沙，不时响空袭警报。张箫无所顾忌，来到青年会，等候他的是一群学童和难童，这天成立抗战儿童剧团。四十几张小脸仰看这位大哥哥，他教孩子们练唱《义勇军进行曲》和《松花江上》。一边唱，外面警报呜呜响，孩子们不受影响，扯起喉咙唱得起劲。敌机远遁，有绅士嘲笑，说孩子们是“聋子不怕雷”。张箫说：孩子哪是“聋子”，是英勇，是无畏，不像某些聪明人，“老虎前面无跛子”，闻风先丧胆，输了志气。

十几天后在教育会坪有六七千人的歌咏活动，晚会下午六点开始，轮到孩子们上台歌唱，下起倾盆大雨，孩子们不肯退场，坚持在雨中唱《血战台儿庄》，不少听众为他们张伞，大家都流下激奋的泪水。

半年后，庆祝万家岭大捷，仍是在教育会坪，又是几千人的大合唱。张簫指挥，高唱《武汉是我们的》《保卫大武汉》《保卫东方的马德里》《壮丁上前线》。

歌声，歌声，张簫的生活由无数战斗的音符串起，那年他正好 30 岁……

复印本读到最后一页，张簫后来呢？网上找，也找朋友了解张簫以后的事情，方知道他“英年早逝”，他被日机投下的炸弹夺走了生命。天妒英才。

1935 年 7 月 17 日，聂耳在日本藤泽市游泳时不幸溺水身亡。年仅 23 岁。

1945 年 10 月 30 日，冼星海在莫斯科病逝，年仅 40 岁。

在他们之间的是张簫，不幸被日机丢下的炸弹击中，殒身。

# 银坊义虎歌

我同杨未看过电影《一步之遥》，去银坊七老倌家。朱妹子加班，要迟些见面。也好。窗户纸没有完全捅破。那次她们的节目在县上得奖，之后我们的关系进一层。

七老倌准备饭菜。我们在外面散步，我将张箫的故事说给杨未听。问他：你三十岁在做什么？

他说：除了上班，就是上超市为儿子买尿不湿，托朋友买荷兰奶粉；以后人上托人，为让儿子进好幼儿园。再有，供了一套商品房，光是装修，让头发白了一半。工作上也不省心，那年头在拆迁办，求爷爷，拜奶奶，受的气压缩起来有几尺厚。还能做什么？

他反问我：你呢？干出什么丰功伟绩？

我惭愧，没法作答。我揣着梦想，在北京却只是混日子，杯子、盘子、速食品盒子，将吃的混进口，让事业随水走，一事无成。要不，怎么到这把年纪还在修行。

仍在七老倌家吃饭，七老倌似乎捕捉些小道消息，好像默认我同朱妹子的朋友关系。那顿饭特意为我炒辣田鸡、辣泥鳅，撒一大把辣椒。饭后，听他讲故事，讲头陀、葵嫂子夫妇，讲寅白和寅黑两只老虎，还讲起有位叫亭眼镜的保长。又是一段惊世骇俗的传奇，同样发生在抗战时期。

故事听完，朱妹子还没有过来。

吃饱了饭不得消，我同杨未继续出外散步。

我说起，希望再有二十世纪三四十年代的大背景，能为我辈提供一个事业的平台。

他问：为何？

我说起张箫，说起头陀：你看看，他们哪个不是磊落钦崎，头角峥嵘，“生当作人杰，死亦为鬼雄”？

杨未口气平淡，说：电影《一步之遥》的原型是花花公子阎瑞生的杀人事件。二十世纪三四十年代同样有人纸醉金迷。“活得不耐烦，死得好窝囊”。哪个时候都有不同的活法，就看你选择哪种活法。

我说：选择，是呀。可是时势经常不给人机遇。

杨未说出句义正词严的话：不关时势，不关机遇，是个人自己的事。对生活要有责任感。生活不是玩游戏。

朱妹子回来，吃些剩饭剩菜，一口一声急死人。问起，说县上又要搞新歌大赛，唱的歌要原创。哪个创？乡里人只有园辣椒，没有原创。

我喝住她：乡里人又如何？少只手还是少只脚？不要先灭了自己的志气。

她不服气，说：你有志气你来搞，我一个揖作到你怀窝里。

我说：原创就原创，园里的扯树辣椒都不怕，怕什么原创。

我同朱妹子扯里手皮，杨未大笑，说：做戏，做戏，做给我们看。

七老倌说：事情要做，就要做好。来个原创又如何？头陀家里的人，什么都缺，就是不缺狠劲。

莫非七老倌已经将我看作他家的上门女婿？

仍是朱妹子送我回家，她握着我的手说：相信你，这件事上莫让我扫面子。

我问：事情做好了有奖励？

她答：人就是你的。

我笑道：让我这号流光男丢掉幻想，准备战斗？

说罢，抱住她，猛亲一口。她一把推开我，说：任务没落实，就要奖励，不给！

她做得出，半路上赶我下车。

我在路上想到一个严肃的问题：何以流光男。

流光男，要么是不肯担责任，要么是不肯下功夫，不能被这“两不”难倒。

到房间，“原创”什么呢？围绕银坊，写头陀同葵嫂子，如何写？原创的歌要唱出声，头陀的书法篆、隶、行、草、楷能唱？两只老虎呢？唱老虎？“两只老虎跑得快”？又不是儿歌。若是张箫，他会如何写？不过，两只老虎是好题材，写虎性，也可以反映人性。我试着写下《银坊义虎歌》。

银坊的水，银坊的山，
银坊四季瓜果香。
银坊人勤地不懒，
老虎当作猫儿养。
虎有情，虎有义，
不伤人，不咬羊。
识得乡亲辨得友，
不出山林只护山。

晴天响炸雷，
日寇犯银坊。
牵我牛，烧我房。
辱我姐妹侵爹娘。
避恶鬼，躲豺狼，
男女老少都上山。
鬼子上山头，
刀头滴血逞凶狂。
男儿奋起扑敌酋，
女子持刀斗凶顽。
志未酬，鲜血淌，
乡亲赤手又空拳，
如何办，如何办？

两道闪电跃上山，
两匹老虎意气昂。
扑敌酋，斗日军，
扬虎爪，战豺狼。
乡亲获救虎遇害，
从此有了喜虎山。
风长啸，树含悲，
猛虎英烈，长护银坊。

总算写出初稿，银坊人会认可？朱妹子和七老倌会认可？

没有把握。

# 杨未的故事二

## 虎啸墨纪念馆

七老倌在讲，银坊的故事在继续。木月同鬼子兵在喜虎山除了杀人，一无所获，留下头陀夫妻倒在血泊中，还有亭眼镜。两只虎也断了气。鬼子走尽，镇上有人麻起胆子上山，葵嫂子还有口气，赶紧包扎伤口；亭眼镜也是，子弹没有打中要害。头陀殉难，镇上人将他安葬在喜虎山，寅黑、寅白，两只虎葬在他身边。安葬两只虎时，刁子鱼说：莫蠢，虎皮剥下来卖得钱。

被人骂成畜生不如的东西。

葵嫂子后来还有故事。

日本人战败投降，木月的那队鬼子兵成了第十军的俘虏，押在镇上戏台一侧，有枪杆子看守。失势的日兵服服帖帖，眼神迷茫，木头一样，让站就站着，让蹲就蹲下。木月也在队伍中。给饭吃，这些家伙靠墙蹲着，一声不吭，只管扒饭。刁子鱼从戏台前过，抓一把沙石撒到木月的饭碗里，说：你也有今日。

葵嫂子经过戏台，埋怨刁子鱼：不管如何，放下了武器，饭还是要让人吃的。

她一只手拿过碗，倒去沙石饭，重新盛上一碗给木月……

整理头陀的材料花了很多工夫，事隔几十年，当年在场的人剩不到几个，仍有人热心出示材料，写出亲历亲闻，印证头陀的英烈。当年的顺伢子，现在是顺爹，口述，让孙子做笔录，他郑重其事地按下指印。七老倌讲的事大都能落实。

我将材料交给方卓，由他上报。见面时我提起于果，他哼一哼，好像喝茶喝出只苍蝇，说：他不是歌星吗？

没有了下文。

群主在微信上大赞健身山庄，鼓吹山庄的娱乐性俨然可以媲美巴黎的红磨坊，可以进军美国的拉斯维加斯。让人担心。果然有祸祟。有一晚，公安局的警车来了，包围健身山庄，抓了十几个穿短裤子、汗褂子的男人，让他们双手抱头，低头思过；那些衣着暴露的女子从沙发背后的暗门跑了。那以后，镇上人开心，编出歌来：老婆笑，老板叫，三陪小姐楼下跳。

我被纪委找去谈话，责问我为什么放纵坏人坏事，让镇上经营不雅行业。还算是轻描淡写，没说健身山庄是色情场所。我有口难辩。其实，那次同七老倌实地摸底，就想反映情况，通过上级部门取缔山庄的经营。镇政府不是执法机构，没有能力吊销山庄的牌照。

我在想，为什么弄得这么被动呢？等到心水澄清，想明白了，事情或隐或现，都同方卓有关。是他说“一鱼两吃”，“红了樱桃，绿了芭蕉”，才有健身山庄的营建；我们私访的事被群主报告给方卓，他马上给我们吃个空心汤圆，主动提出为头陀申报革命烈士，让我们放下举报，一门心思搞申报。其实，申报是交换，是缓兵之计。现在山庄的事情穿泡，估计申报不会有结果。

我向纪委讲了健身山庄的兴建过程，提到了亮亮和群主，没有说出方卓。纪委同志批评我，至少疏于监管。会承受什么处分？尽管如此，我仍给方卓去电话，询问申报的结果。果如所料，他说有阻力，阻力很大——经调查，头陀写的“中日亲善”的书法作品曾在日本的杂志刊登。冤枉！即使头陀从地下跳出来也洗不清。

“申报”这一头搁下了。我同七老倌尽努力抓虎啸墨的生产。西方不亮东方亮，健身山庄停止营业，原地方正好办工场。购设备，贮木材，七老倌拿出头陀留下的秘方，只等燃木取烟炱，开工在即。

后来下达了对健身山庄的处理意见：健身山庄予以停止营业。我是一镇的主要负责人，缺乏监督，记大过一次。黄群作为政府工作人员，参与不正当经营，开除留用，工资降一级。我没有自怨自艾，也没有认为罚不当罪，群主却唉声叹气，说自己又当了炮灰。谁的炮灰？亮亮？他摇头。

处分下达之后，方卓来电话，说“申报”没有着落，但是可以有“虎啸墨纪念馆”，馆中可以展出头陀的书法作品。这是件大好事。七老倌听说，沉吟不语。小朱妹子报喜。新歌大赛上，原创歌曲《银坊义虎歌》获特等奖，她兴高采烈地说：市委宣传部领导方卓说，在庆祝抗战胜利七十周年，演唱这首歌很有意义。

是吗？我问。

朱妹子说：当然。说是歌词好，歌曲也好，是民间艺术的一朵奇葩。

我说：奇就奇在于果能选取这个题材，再有，他有作歌的本领。

七老倌慢悠悠地说：奇就奇在寅黑和寅白的义道。

我想，头陀如果晓得这个消息，定会拊膺而笑。

我策划“虎啸墨纪念馆”，大致想到以下几项。

一、“虎啸墨”的故事来历：

着重介绍头陀的书法；

头陀、葵嫂子生产虎啸墨；

头陀、葵嫂子收养寅黑和寅白；

头陀为抗击敌寇，鼓舞士气写下的字幅；

头陀和两只虎与敌人争斗而遇难。

播放《银坊义虎歌》演唱节目的录像。

二、“虎啸墨”的生产流程：

原始的制墨用的器具；
原始的制墨流程；
现在的制墨流程。

三、虎啸墨的特点介绍（从略）

众人议论过这个方案，立即行动。黄群提出建议，纪念馆要设在山上，申报为爱国主义教育基地。再有，要竖雕塑。竖头陀，可能困难；竖两只虎的雕塑，更有观赏性。想不到愚者千虑，必有一得。只是哪个来塑。黄群请缨，他去广州美术学院联系，找名家，让先出大样。要得！要得！

筹集展品。七老倌找出头陀用过的笔、砚，还有几锭虎啸黑，又拿出头陀的数张书法作品，甚至包括“汝有气，我独无气乎”“我固怜之，鬼子乃敢尔”“秋坟鬼唱鲍家诗”“鬼穷三技”的纸上涂鸦。镇上有人献出当年头陀题过字的斗笠和笠衣。顺老倌，几十年后的顺伢子，听说在征集虎啸墨和头陀的纪念品，找到七老倌，拿出只有一块镜片的黄铜眼镜，说这是亭眼镜当时掉在山上的。七老倌说：极好的。

这让七老倌想起，灶屋里还有他娘葵嫂子用过的柴刀。

后来，黄群又“立新功”，说起早几年有日本友人，其实是当年的老鬼子木月，人还硬朗，到过银坊谢罪，由他接待。木月去过喜虎山，跪地磕头。离开时留下他在静冈县的地址。这么好，当即让群主写信，让木月回忆当年在银坊的经历。

群主也是朵奇葩，他去信日本，一个月后收到日本静冈的来信，是木月的儿子写的，木月已经去世。信中说对于其父在中国银坊的所作所为，他了解不多，只知道其父最大的悔恨是砍伤过银坊的一位中年妇女。而在当战俘的时候，这位只留下一截手臂的农村妇女给了他一碗饭。

信中所说的农村妇女就是葵嫂。七老倌读信时想到他的娘，泪水直涌。

随信寄来一幅字，竟是头陀当年写下的那幅：

稻娘子，杖击头。

心插刀，钱被偷。

珍品，珍品！

群主说：这幅字挂出来可以搞有奖竞猜，猜出“倭寇必败”，奖一锭虎啸墨。

他总有馊主意。

跟着是喜庆。喜事接二连三：

虎啸墨工场开工；

“虎啸墨纪念馆”剪彩。

剪彩之前，广州美术学院设计的“长啸二虎”石雕运上山，稳稳地安放在基座上。我看过，只有惊喜和赞叹：两只虎，一卧姿，一立姿，有威严，有动感，目光含有悲凉，有形似，更难得的是神似。群主发议论：不够勇猛，不显虎威。

我骂：懂个屁，显其张牙舞爪，莫如显其锐气内敛，大气若定。

镇上人说：文化人的内行话我们不懂，只晓得这两只虎仍在保护银坊，是镇山之宝，镇乡之宝。

有个调皮伢子爬上虎背，骑在虎上。被顺老倌的孙子揪下来，骂了伢子几句。

跟着，是我接到调令，去市委宣传部接待处任职。

跟着，于果同朱妹子将要成婚。这次黄群为于果两肋插刀，为他们布置新房，安排酒席。于果不再骂黄群是自作聪明的二百五。

于果成婚的头一晚，方卓来参观过新房的布置。我们同学四人，倍极欢洽，全无芥蒂。方卓戏问于果是不是奉子成婚，有了于小果。见到我，他说为了“虎啸墨纪念馆”获批，费了不少周折。又说：我这个人，不事张扬，给同学、朋友帮忙，也只能暗中使劲。事情成不成，人家都不一定理解。唉，好脂好粉搽在人家屁股上，看不到的，看不到的，譬如说《银坊义虎歌》的获奖；譬如说“虎啸墨纪念馆”的批复……

黄群附和：是呀，方卓就是这样的人，“润物细无声”。

哪门子话呢？方卓一不留神成了“好雨”。

人散尽，于果留下我说话，知道我工作调动，提醒我多个心眼。

为何？

于果说两件事。第一件，当年他在黔阳林业局，方卓到林业局找到他，要搞伐木批文，给他弄了十个立方。之后方卓出主意，将批文上的“10”改为“40”，黄群带人伐木四十立方。事情穿泡，黄群被关了十多天，于果也因此受处分。方卓无惊无险。

于果说：还有一桩，晓得就行。健身山庄的健美操教练绵绵。见过？

我说：是啊，见过。看上去年轻靓丽。有绝活，反手摸肚脐眼。

于果问：你晓得她是哪个的相好？

我不假思索，说：亮亮。

他说：早已经是过去时。她是方卓的情人，两人一起到黔阳找过我。

哇！今天才解密。

于果说：还有，黄群告诉我，绵绵是健身山庄女老板，山庄有方卓的股份。

我恍然大悟，无话可说。

于果大婚当晚，有人要闹新房，让新郎、新娘同吃一个吊在线上的苹果，再让小朱妹子吃于果两腿夹着的香蕉。小朱妹子眼一瞪，众人不再无礼，只是笑话七老倌，说：头陀的后代不儿戏。

七老倌说：正是，正是。

不能吵新房，于果去张罗其他事，方卓、群主和我边嗑瓜子，边打扑克，玩哪种？——“跑得快”。我们不是方卓的对手，还是他跑得快。